I0750228

SHOW ME MORE

(Muéstrame más)

Primera edición, 2026.
ISBN: 978-1-951993-77-1

Ilustración de portada: Maira Torres
Ilustración a la izquierda de la portada: Grito Inmutable, de Arturo Damasco
Diseño y Maquetación: Denise Soledad
Cuidado de la edición: Diego Ordaz, Karla Ordaz, Edgar Rincón Luna

Brown Buffalo Press
(505)490-6309
Santa Fe, New Mexico, USA
https://www.brownbuffalopress.com
brownbuffalopress@protonmail.com

SHOW ME MORE

(Muéstrame más)

Miguel De La Cruz

1

Baltimore, Maryland 20 de Septiembre 2017

No adivinó que la violencia se pudiera adquirir tan fácilmente, empaquetada tras los vidrios relucientes de una vitrina, como si la muerte misma fuera un artículo más en la lista del súper. Nunca pensó en comprar un arma. Al cruzar las puertas de la tienda deportiva *Big Eight Sports*[1], se percató del olor impregnado a caucho nuevo. Unas luces blancas iluminaban hileras de artículos deportivos, cada sección un mundo propio. A la izquierda, las montañas de balones con las superficies brillando suavemente bajo la luz. Más allá, las bicicletas formaban una línea como caballos metálicos. Parecían el Cuneus romano. Hacia el rincón posterior, el ambiente cambiaba de una forma nada sutil: allí, encerradas detrás de las vitrinas, descansaban las armas de fuego. Su presencia contrastaba con el ambiente fraternal que emanaban los otros deportes. Las armas tenían un brillo ominoso y un silencio frío. Quietecitas y en orden, vigilaban el bullicio del lugar. En ese momento se le desmoronó su discurso pacifista.

Reina no creía en la violencia. Sin embargo quería sentirse protegida. Ante sus ojos los cazadores eran criminales. También estaban los otros monstruos, esos que cazan humanos. Nunca antes había contemplado salir de cacería. Jamás pensó en herir a ningún ser vivo. Un dependiente que la notó desorientada le preguntó si estaba bien.

1 Deportes Gran Ocho

—¿Solo hay esta caja de balas?— Reina se le acercó con la caja cerrada en las manos. Me gustaría llevar la pistola que utiliza estas balas.— Sorprendido y con una risilla burlona asentó. —¿Está segura? ¿No quisiera el arma perfecta para usted? Yo le puedo ayudar a encontrarla.— No gracias, está bien, solo quiero una pistola que sea compatible con estas balas. –Ok, solo tiene que llenar estas formas y tengo que sacar una copia de su identificación.— El hombre se fue y ella se quedó ahí esperando su arma. Un revolver Colt, de calibre 22. Ligero. Era el cisne de la muerte que cabía en su bolso.

Una vez más, leyó el último texto que le mandó a Joel:

—Entonces, si el cariño que nos tenemos existe, ¿Por qué ya no me buscas? ¿Por qué te empeñas en esconderte, en no darme la cara? ¿Qué fue lo que pasó? ¿En qué me equivoqué?, ¿solamente dejaste de quererme?, ¿nunca me quisiste? ¿Qué fue lo que hice?, dímelo al menos para estar tranquila. Me voy de tu vida, ¡no quiero estar solamente pensando en lo mismo! ¡Vivir al pendiente del sonidito de la computadora o de mi celular y pensar que eres tú! ¡Te quiero! Ten en cuenta que eres lo mejor para mí, eres un pilar muy importante. ¡Sé que es una carga que no pediste, pero yo te la otorgué! ¡Si te vas, me vas a destruir! ¡No lo hagas por favor!—

El viaje consistía en 3350 kilómetros, era un recorrido por seis estados. Jamás estuvo por esa parte del país. El revólver y el último mensaje sin contestar revistieron su valentía. Intuía que Joel estaba bien, solo se le desapareció. Tiene tufo a *ghosting*[2] — pensó. Ella prefería creer en otra realidad en donde Joel, su amado, estaba en problemas, y ella viajaría para ayudarlo.

No había estado en el desierto. Conocía las películas Western donde los vaqueros portaban pistolas como la que mandó

---

2 Cesar por completo la comunicación con otra persona.

por paquetería al hotel. El viaje le daba miedo. El estómago le tembló. Tina, le platicó cómo la gente del sur están muy locos y todo lo quieren resolver a balazos. Le contó cómo sus vecinos de Kentucky le disparaban a los aviones por sobrevolar el terreno de su casa. Tina le aconsejó que tomara unos días de vacaciones. Que se distrajera tras la muerte de Olga. Reina tenía un número de teléfono, una dirección, un correo electrónico y un nombre. Se dirigió hacia Joel Baca quien vivía en 201 Main St., Columbus Nuevo México, 88029. Reina decidió no quedarse en Baltimore viendo al tiburón desde lejos, nadando del otro lado de la pantalla. Navegó hacia las olas de arena.

2

Baltimore, Maryland 10 de Enero 2017

Escuchó el despertador. Sintió que el invierno la traicionaba tan de madrugada. Las duchas cortas y la separación meticulosa de plásticos al reciclar no eran suficientes para recibir la simpatía de la Madre Tierra, quien se desquitaba de la humanidad con ese clima gélido. Odiaba el frío. Parecía un castigo con saña. Su celular estaba sincronizado para amenizar la mañana. Eran una serie de alarmas, la primera tan armónica que parecía estar salpicada del canto de algunos pajarillos musicalizando sus sueños. Estaba en un campo soleado con extensiones tapizadas de verde.

Después de una hora, apareció un sonido abrumador, como zumbidos de abejas. Caminaba por calles solitarias de una ciudad que desconocía. Las abejas tan grandes como los humanos corrían tras ella. De sus aguijones salían garfios. Los bichos impulsados con sus aletas la perseguían cada vez más veloces. Sonreía porque siempre lograba esquivarlas. Las más astutas volaban. Era cuestión de días para que la alcanzaran. Por eso decidió cambiar el sonido de la segunda alarma. Quería evitar los zumbidos y los encuentros con insectos. Comenzó el más fructuoso de los tres cuadros. Un sonido palpitante la acorralaba. La luz roja indicaba el derrame de un líquido tóxico.

Cada vez escapaba de algo distinto, ese día, huyó de un ácido que dejaba el piso cicatrizado. Siempre terminaba estática, cansada sin la posibilidad de correr. Había una escalera y el líquido se acercaba cada vez más. El pánico la hacía brincar alto. Alcanzó la parte posterior de la estructura que colgaba del techo. Sus dedos flacos soltaron los peldaños. El sonido se hizo más pronunciado. Estaba cerca.

El dolor de cabeza al despertar era preferible que terminar carcomida como los pisos de su sueño. La oscuridad de la calle la deprimía, siempre le rogó a Dios por una tormenta, o por algo que interrumpiera su rutina, pero nunca atendió sus plegarias. Quizás la balanza de los rezos estaba más inclinada hacia los que no querían tempestades. Su Dios democrático se abstenía de enviar desgracias naturales. Dos huevos y un jugo eran lo más sobresaliente de la mañana. El auto descansaba dentro del garaje, no había que remover nieve del parabrisas, pero sí la que yacía acumulada a la entrada de la casa. Salió a palear nieve. El frío le quemó el rostro. Su consuelo estaba en recordar que desde que tenía cochera ya no arañaba el vidrio, atrofiándose las manos con el hielo. Las botas se le mancharon de lodo y rápidamente entró para mudarse de zapatos. La oscuridad de la madrugada servía de cortina para esconder lo gris de sus días. A pesar de tener una vida en Maryland nunca se acostumbró a la nieve.

Reina no podía sostener su existencia con la idea de algún día regresar a su país de origen. Nunca comió tunas hasta la indigestión, no se quebró el brazo al caer de algún nogal. Ella solo evocaba lo que su madre le contaba. Todo eso era tan lejano como un cuento en el que Olga jugueteaba con los animales del campo comiendo frutas durante el día. Reina tenía el control. Vivía en el presente, pensaba que por eso aventajaba a su madre. Con Olga mantenía una relación de cordialidad. Catalogaba la relación con Olga como pasivo-agresiva. Para Olga, Reina era una burguesa, sus días no incluían transporte colectivo, ni las dos horas extras que esto implicaba para llegar al trabajo. A Reina, se le desmoronaba la sonrisa al enfrentarse con el concepto de su madre de burguesía.

En su trabajo existía la regla de no revisar el correo electrónico personal en las computadoras de la empresa. Los celulares se guardaban en los *lockers* del *lobby*[3] . Cada vez que en la compañía se lanzaba un producto nuevo activaban los inhibidores de señal. Era imposible tener comunicación externa aún desde el *lobby*. Los días nublados le parecían tristes. Sabía que su teléfono no tenía mensajes nuevos y eso le deprimía. Reina añoraba que su jornada laboral se acortara para revisar sus mensajes y salir de la duda.

El golpeteo de las teclas que venía desde otros escritorios, penetraba las paredes de los cubículos y la presionaban para producir más trabajo. Su día consistía en escuchar la sonoridad de la oficina. Los demás tecleando constantemente, y desde el escritorio de Reina emergían sonidillos timoratos del *mouse*[4]. Sentía que sus compañeros sospechaban que sus días laborales consistían en perder el tiempo, revisando páginas informativas y leyendo artículos editoriales. No le afectaba, sabía que su jefe estaba contento con su trabajo, y que satisfacía la cuota de diversidad. Su seguridad laboral yacía cimentada sobre los pilares de la *Affirmative Action*[5] . Representaba dos minorías en un solo cuerpo, la latina y la femenina. Mientras su trabajo cubriera sus gastos no le importaba, seguiría ahí. Olga se lo externó, <<otros y otras matarían por estar en tu lugar>>. Reina lo sabía.

Durante el invierno los días eran más cortos pero en el trabajo los sentía prolongados. Había una armonía que se sostenía

---

3 Armarios del vestíbulo

4 Ratón de la computadora.

5 Medidas tomadas para prevenir la discriminación en contra de empleados o hacia un solicitante, mediante la discriminación positiva, basándose en "raza, religión, género, o país de origen

solo por la obligación de estar ahí. Sus compañeros se llenaban de risas fingidas tras los chistes absurdos de los ejecutivos. Tenían pláticas sin sustancia acerca del clima y de la mala temporada de los Orioles. La conversación acerca de la familia era la que más le molestaba. Siempre terminaban cuestionándole su edad y su estado civil. Se preguntaba si era solo para herirla y recordarle que no había razón para estar ansiosa a la espera de la conclusión del día laboral. Esa noche, como tantas otras cenó sola. En la bandeja de entrada de su correo electrónico encontró dos encuestas.

3

Baltimore, Maryland 15 de Julio 1993

Fue su historia la ya tan conocida letanía de madre soltera. La familia de Olga la exilió en el extranjero. Olga se instaló en otro universo. Allá dio a luz a su desgajado fruto. Era como un satélite que viraba a lo lejos. A lo largo de su vida Raimundo buscó el brillo de otros para encontrar su reflejo. Al nacer lo recibieron unos brazos de escarcha y una cara de asco.

De su hijo, Olga, quería hacer un hombre fuerte. Un homólogo a la figura de proveedor. Soñó con muchos nietos, con una casa y que su hijo se encargara de todo al llegar a la senectud. Los hijos eran leños que tenían que ser tallados y darles la forma del mueble que más se adecuara a las necesidades de la familia. Así la criaron. Olga se sentía como un armario que nunca hizo falta en casa. Ese hijo no adquirió la forma que Olga le quiso dar. Con Raimundo era seria, como una efigie solemne. Soñaba con la fotografía de su hijo al centro de la sala, lo imaginaba portando algún uniforme militar de gala, con la bandera de fondo. En el ritual para pertenecer al país, su hijo sería la ofrenda.

La ruptura con Raimundo fue por la vergüenza que su existencia le producía. No sabía cómo ayudarle a sobreponer su fragilidad. Desde ahí, Olga se desapegó. En ese entonces todavía era Raimundo. Al llegar a los seis años, lo obligó a practicar deportes. Quería que estuviera cerca de otros niños. Los campos deportivos estaban contiguos a otras canchas. En ese parque jugaban *soccer* varias categorías; equipos de adolescentes y adultos. Raimundo siempre fue un chico dulce, le gustaba contemplar las cosas pequeñas. Se apasionaba por las miniaturas. Sus favoritos eran los juguetes que cupieran en su diminuta mano, pues podía meter varios objetos en las bolsas de sus pantaloncillos. La actividad física no era su fuerte, pero disfrutaba la presencia de otros niños. Los imitaba, seguía sus movimientos aunque se burlaran de su fragilidad. Nunca aprendió a pegarle al balón, pero seguía ahí constante con sus compañeros de equipo. Siempre dócil. Recordó aquel día cuando Olga entendió que era diferente. Ese día lloró de dolor y de miedo.

—¡Levántate! ¡No pasa nada! ¡No llores! ¡Todos te están viendo!

—¡Me duele mucho! Por eso no quería venir. Te dije que no me gustaba el fútbol. Ya tengo muchos amigos. Ya me quiero ir.

—Nos vamos a ir, ¡pero nunca más me vuelves a pedir que te lleve a alguna parte! Ni que quieres jugar otro deporte, ¿eh? ¡Te ves bien mal, no pareces varoncito!

El niño podía oler el césped húmedo. Sentía la frescura del zacate entre sus piernas descubiertas con sus pantalones cortos azules y sus calcetas blancas. Ahí contemplaba al cielo encorvado, parecía una esfera de hule espuma.

4

Baltimore, Maryland 8 de Junio 1996

Tenía una vista panorámica desde ese ángulo bendito. Ahí, en el lugar privilegiado del vestidor, todo lo podía observar. La banca estaba fría, sentía sus nalgas entumecidas por el metal. Temblaba por la baja temperatura y el miedo. No quería que sus compañeros cuestionaran su cuerpo. Su quijada se contraía en múltiples repeticiones. Le rechinaban los dientes. Era como una escena de dibujos animados, temeroso, hundido hasta el fondo del cuarto. Los otros, sus compañeros, corrían en calzoncillos, se reían, se daban nalgadas, sostenían sus penes y apuntaban a los demás como si soltaran disparos.

Raimundo los veía asustado, y cuando le regresaban la mirada perdía sus ojos en el techo. Contó veinte manchas en el cielo del inmueble, una de ellas era muy similar al lunar de su pierna izquierda. Tenía una forma irregular, crecía caprichoso como una salpicadura. Silbó entonando la canción de *Madonna* que tanto le gustaba a su *mom*; *Material Girl.*

La alarma sonó y se llevó a sus verdugos. Volteó hacia la pared sin quitarse la trusa. Se puso los pantaloncillos deportivos. La presión abandonó su cuerpo al sentir el elástico del *short* apretando su cintura. Los gritos de sus compañeros venían de la cancha de básquetbol. El sonido de las múltiples suelas rechinando con la duela le avisó que llegaría tarde a la clase. No quería salir, deseaba quedarse ahí, deseaba no tener que mudarse de ropa para practicar deportes.

Sus compañeros lo criticaban porque no le gustaba ducharse después de la clase de educación física. Si tuviera que decidirse entre los deportes, elegiría el básquetbol. Le gustaba la rapidez del juego. Ahí no tenía que soportar el sol, ni la presión de su madre criticando todos sus movimientos. Cada equivocación y sus caídas le robaron la dicha que pudiera sentir por el fútbol. El básquetbol era rápido y poco a poco lo entendía más. Le gustaba no ser el último en ser seleccionado. A los que no corrían, se los repartían hasta el final. Los capitanes evadían a los incapaces como si fueran un lastre. Había otros chicos todavía con menos posibilidades de ser escogidos.

Le gustaba recordar esa última jugada de la clase pasada, y cómo ganó un rebote. Corrió despavorido hacia la canasta contraria seguro de encestar. Se acercó lo suficiente al aro para no fallar. Brincó y estiro los brazos al lanzar el balón. Su tiro pegó en el cuadro central. Observó como la mayoría de la circunferencia de la pelota se balanceó hacia afuera de la canasta. El balón botó frente a él y llegó a sus manos, otorgándole una segunda oportunidad. No se atrevió, quería que otro fracasara. Cedió el balón a su compañero quien estaba en el otro extremo del área. El chico sin pensarlo intentó un tiro de tres puntos y anotó.

Raimundo coincidió con la victoria por primera vez. Sitió que una mano tocaba su costado.

—That was a good play, Ray![6]

Una palmeada en los glúteos incrementó su dosis de dopamina. Se sorprendió al darse cuenta que no estaba solo en

6 ¡Buena jugada Ray!

los vestidores. Rápidamente se puso la camiseta mientras decía:

—Hey nobody has slapped me before!

—Yeah? What are you going to do about it?

—Nothing! I think I like it!

—What a weirdo![7]

---

7 ¡Nunca me habían nalgueado!
¿Ah sí? ¿Y qué me vas a hacer al respecto?
¡Nada! ¡Se me hace que me gustó!
¡Qué raro eres!

5

Baltimore, Maryland 12 de Mayo 1997

Sujetó el huevecillo con su mano izquierda y presionó el botón. La luz persistente en la pantalla del Tamagotchi iluminó la habitación de Reina. Con los ojos fijos en el dispositivo electrónico recordó el génesis de la única mascota que tuvo durante su infancia. Lo más parecido que les permitían en el departamento era un Tamagotchi, así que cuando Olga encontró uno en una venta de garaje se llenó de emoción pues Raimundo quería uno.

Ese día Raimundo presenció un momento fugaz de conexión con su madre. Sentados en el piso escuchaban los sonidos que salían del animalillo digital. Contemplaban el juguete rodeados por las sombras proyectadas de las lámparas en la sala. Raimundo sostenía el pequeño artefacto entre sus manos, compartiendo risas y gestos cómplices con Olga. Aunque la mascota electrónica solo existía en el mundo digital, para Raimundo representaba algo tangible, algo que lo unía a su madre de una manera que no había experimentado.

Mientras jugaban con la mascota electrónica, alimentándola y viéndola crecer, Raimundo sintió que su relación podría mejorar. Era un paso hacia una dirección positiva. Y por un momento, Raimundo se permitió creer que quizás su madre sí lo quería. Se aferró a cada señal de amor y afecto de su madre, sin importar lo efímero o insignificante que pareciera.

Sentada en la sala, Olga esperó a Raimundo. Con ojos enrojecidos de coraje. Sujetó al Tamagotchi cuyo cuerpo digital descansaba en paz después de no comer por un par de días. Raimundo, de mirada sombría, se acercó, tratando de justificar su olvido.

—No puedo creer que se te olvidó. Era parte de nuestra familia, así nunca vas a poder tener uno de verdad.

—¿Me estás culpando a mí? ¡Yo lo cuidaba al igual que tú!

—¡No se trata de ser perfecto, se trata de ser responsable! ¡Ya ni la chingas Raimundo!

El silencio llenó la habitación, interrumpido solo por el sollozo de Olga y un suspiro entrecortado de Raimundo. Ambos compartían el dolor de perder en el juego, y la frustración de no tener intereses en común. Así, como las luces efímeras de una calle en el lumpen, la conexión con su madre parecía desvanecerse con la salida del sol. La culpa era una papa caliente que ninguno de los dos quería sujetar. A medida que los días pasaban el Tamagotchi y su relación murieron varias veces.

6

Baltimore, Maryland 6 de Julio 2017

El hermetismo giró en torno al nuevo producto. Ese día llegaron los ejecutivos de la empresa. Aprobaron el algoritmo de Steven James, jefe de innovación y desarrollo. El programa, era más que un agente espía que cuantificaba las compras de licor y las relacionaba con algún individuo de interés investigado por la policía. Esa información después sería compartida con otras entidades: Los federales, las compañías aseguradoras, los bancos. El software era un registro de patrón de comportamiento para alertar acerca de los vicios excesivos. Al producto, Reina le apodaba el *snitch*[8]. Ese día, la reunión se hizo en el auditorio contenido dentro de una jaula Faraday. Se perdió de su programa de radio favorito, "Manejando con Lucía".

—¿A qué horas empieza la *meeting*[9]?

— *Hi* Reina, en dos horas. ¿Por qué? ¿Estás ocupada? Si no puedes ir, está bien, no te preocupes.

Reina sospechaba de la amabilidad excesiva con la que la trataban. Nunca se hizo de amistades verdaderas dentro de la compañía. Desconfiaba de todos. Olga siempre le decía que los demás codiciaban lo que era suyo. —Miran tu plato. Si te tocó el mejor corte, no tardarán en quererlo—. Por eso nunca les propuso su idea. No quería que se la ganaran.

---

8 Soplón
9 Junta

Estaba segura que era mejor que ese software espía. Su proyecto era una suscripción para el acceso a los recuerdos. Un agente electrónico tendría acceso a todas tus cuentas virtuales, y al final del año daría el resumen de tu vida, de todos tus logros, todas las millas recorridas. Todos los regalos que recibiste. Lo más importante sería que cuando estuvieras anciano, seguiría recordándote aquellas cosas de la juventud. Sabía que tenía que afinar detalles. Pero estaba convencida que su idea era buena. Le angustiaba tener que someterse al escrutinio tan incisivo que el consejo de innovación imponía. Lo peor era que su idea abultaría las carteras de otros y no la de ella.

Tras la jornada laboral el gerente les invitó a celebrar. Para Reina visitar los bares, era como nadar en los charcos de orines del centro de Baltimore. Bebió su cerveza desde la periferia del grupo. Se colocó lo suficientemente cerca para oír las conversaciones, pero lejos para no participar en ellas. Un cristal roto le trajo a la mente una serie de explosiones como las del *anime*[10]. Le impactó una escena de guerra: cuando los enemigos antes de invadir sazonaban el territorio de los oponentes con gas mostaza. Después amarraban a sus prisioneros a falos gigantes llenos de explosivos, filmaban las trayectorias de los cohetes y publicaban los videos en las ciudades próximas a invadir.

De camino a casa pensó en su soledad. También en como sus compañeros partieron temprano para llegar con sus familias. Ella no tenía responsabilidades pero se marchó. Pensó en las orugas y en el número de moscas que un humano consume durante su vida. Lo desconocía pero estaba segura de que era más que cero. Oficialmente comenzó su fin de semana. Prendió el televisor, su computadora permanecía encendida. Quería

10 Películas japonesas de dibujos animados.

comprarse unos zapatos nuevos. Tras navegar entre las noticias del día y videos musicales, revisó la bandeja en su perfil del sitio de citas, *Chemicalmatch.com*, tenía un corazón.

–*Hello handsome*[11] – Pensó. – ¡Pero por supuesto que te quiero conocer! – Se entusiasmó con las posibilidades contenidas en un avatar tras el computador.

11 Hola guapo.

7

Baltimore, Maryland 17 de Julio 2017

El teléfono tenía la batería a medio terminar. Reina sujetó el celular con la mano derecha y escribió un mensaje de texto:

> No quiero que me digas todo de tu vida, me gustaría conocerte a través de tus palabras. Me gustaron tus fotografías, me pareces muy atractivo. *I want this time to be different*[12].

Gracias, *It's fine*[13]. No a todas las personas les gusta jugar así. Me gusta que desde el principio pongas reglas; te hace parecer interesante, bueno, pero también intimidante.

> ¿Te gustan los gatos? Y no es una *trick question*[14].

Sí, me gustan todos los animales, pero no tengo. Bueno, no puedo tener gatos porque me dan alergia.

> Qué respuesta tan políticamente correcta. ¡Hahaha! Me gusta tu personalidad.

---

12 Quiero que esta vez sea distinto
13 Está bien
14 Pregunta capciosa.

Y a ti, Reina, ¿Te gustan los gatos?

No, a mí no me gustan los animales. Bueno, sí, verlos de lejos; son muy bonitos y todo. Pero estar al pendiente de ellos, que te muerdan y te arruinen algo, eso no me gusta. Además, no siempre huelen bien. No me gusta ver que les hagan cosas. *I don't like that*[15]. Me pone muy mal cuando veo que otro ser vivo sufre.

I get you! I just have two dogs. They're big, Saint Bernard breed [16]. Son los únicos aquí en el pueblo.

Interesting! Do you know what they say about small—town boys[17]*?*

No, what?

Nothing! Hahaha. Nada. Just Kidding![18]

Ha ha

Sorry![19]

Tienes razón, aquí no pasa nada.
Pero uno encuentra maneras de entretenerse.

---

15 No me gusta eso.
16 ¡Te entiendo! Solo tengo dos perros. Son grandes, de la raza San Bernardo
17 Interesante, ¿sabes lo que dicen de los chicos de pueblos pequeños?
18 No, ¿qué? Nada, es broma.
19 Lo siento.

8

Baltimore, Maryland 20 de Agosto 2017

—¿Pues cómo voy a querer que se muera, *mom*[20]? Si la quiero mucho, y así con nuestras diferencias y todo, pues me sacó adelante.

—Estoy casi segura de que ese remedio que me diste para la artritis es lo que me tiene así. Me envenenaste poco a poco. Eres bien cabrona.

—¡No, ama! *How can you say that?*[21] Imagínese si la oye uno de los enfermeros, me van a llevar a la cárcel. Lo bueno es que no entienden. Pero si fuera miércoles, cuando está aquí el muchacho del Salvador, ahí sí no ande diciendo nada, *mom.*

—No me importa. Además, yo lo que quiero es ya morirme. Ya no aguanto los dolores de mi estómago.

—Ya le hicieron los estudios, nomás falta que nos den los resultados. Solo aguántese poquito. Y no ande diciendo que soy su sobrina.

—Aquí no tienen el canal de las novelas. Ni eso puedo hacer. ¿Si regaste mis plantas? ¡En cuanto encuentre una seca, vas a ver!

—Pues no tienen novelas, pero podemos platicar. *We have time* [22]. Además, hoy no fui al trabajo para estar aquí con usted. Dígame, ¿por qué nunca me quiso?

---

20 Madre
21 ¿Cómo puede decir eso?
22 Tenemos tiempo.

—Ya vas a empezar con eso. ¡Ay, cabrón! Sí me duele. Pues tú sabes bien por qué. Yo quería que crecieras de alguna manera. Pero tú nomás siempre pensando en ti. A ver, ¿matarías por mí?

—Mamá, ¿por qué dice eso? It's not fair[23]. Qué preguntas hace. Yo haría todo por usted.

—Cuando te cambiaste, fue todo de repente. Ni me despedí de mi comadre, que era la única que nos hacía fuertes. ¿A poco no extrañas a tu madrina?

—Sí, *mom*, pero ya no quería vivir así, no estaba cómoda. Además, ya después de tanto tiempo, ¿usted no piensa retomar comunicación con mi madrina?

—Ay Ray, ¿para qué? Si bastante tengo con mis dolencias para andar dando explicaciones por ti. Eso ya fue. Ya más o menos estoy en paz. Pa' qué escarbarle. Con las muchachas del trabajo tengo.

Ellas son buenas gentes. La güera fue la que me convenció para que te contara lo de mis dolencias. Y mira, parece que sí es serio.

—Vamos a hablar de otra cosa *mom*. ¿Ya vio al muchacho que da el clima en la tele? Es nuevo, está guapito, ¿no? *He is cute!*[24]

—¿A qué horas me irán a traer de comer? Traigo hambre.

— Todavía tiene gelatina. ¿Le doy?

—No.—

El silencio de la tregua que llenaba la habitación se desmoronó de pronto con la llegada de una comitiva de profesionales de la salud. Para Reina, los gringos eran muy fríos. Las noticias tan fuertes requerían de una danza de cordialidad, y que no fueran así de directos.

—I have news for you. They are not the best. The endoscopic ultrasound confirmed what we feared. She's got cancer. We suspect,

23 No es justo.
24 ¡Está lindo!

gallbladder cancer. I will give you a phone number. Dr. Kranz will be her oncologist. Treasure her, is not for me to say but we might be looking at five years tops [25].

—¿Qué fue lo que dijo? Le entendí lo del cáncer. ¿Pero en dónde?

—Sí, dice que encontraron algo canceroso, pero que vas a estar bien. *So, can we seek a second opinion?*

—*Sure, you can do whatever you want. If you have more questions, call this number*[26]. Hasta luego, señora

—Mientras veía a Reina el internista asintió con la cabeza y se marchó.

—¡Viejo payaso! ¿Vio mamá? ¡Ni *sorry*[27] dijo!

—Ya, Ray, no hagas panchos, es un hombre ocupado. Además vino a hacer su trabajo, darnos los resultados y ya.

—Sí pero no así

—No llores, Ray, no seas débil.

—¡Es que traigo coraje! *I am upset!*[28]

---

25 Le tengo noticias No son las mejores. La Endoscopía confirmó lo que nos temíamos. Tiene cáncer. Sospechamos cáncer de vesícula biliar. Te daré un número de teléfono Él será su oncólogo. Atesórala, no me corresponde a mí decirlo, pero podríamos estar hablando que le quedan un máximo de cinco años.

26 Entonces, ¿podemos buscar una segunda opinión? Claro, puede hacer lo que desee. Si tiene más preguntas, llame a este número. ¡Hasta luego, señora

27 Lo siento.

28 ¡Estoy molesta!

9

Baltimore, Maryland 26 de Octubre 2017

Ese día el sol no se asomó por la ciudad. La luz desaparecía despacio, pintando el cielo con tonalidades cálidas, mientras Reina caminaba por las calles del vecindario. Era una mujer chicana de treinta años, orgullosa de su autosuficiencia, recorriendo las calles familiares de su antiguo barrio. Buscaba consuelo en los murmullos y las risas que podía escuchar saliendo de las casas cercanas. Se encontró con un edificio imponente, donde unas murallas grises resguardaban la parte posterior del recinto. Los vitrales del templo se asomaron entre las columnas de piedra.

Del templo brotaban destellos multicolores, posándose sobre los bancos de madera gastada del parque. La iglesia nunca representó un refugio, era más una barrera que una puerta abierta. No quería que nadie le dictara cómo vivir su vida o en qué creer. Se sentía más conectada con el cielo que con cualquier institución religiosa. Crecer en un vecindario pobre le enseñó a defenderse de todos y a no dejar que le impusieran las creencias de otros.

Los patrones intrincados de los vitrales eran un recordatorio de fe. Para Reina, cada figura cortada en vidrio era como una obra de arte, una historia contada en colores. Sus pasos resonaron en la vastedad del lugar, un eco reverberando en sus pensamientos. La figura de un ángel con alas extendidas parecía mirarla.

Sentada en esa banca, recordó a los pastores blancos mirándola a ella y a su madre, como si fueran ovejas de segunda clase por no saberse las letanías en inglés. También se acordó de los niños blancos burlándose de Raimundo por no practicar deportes y no tener un Nintendo. Por eso, cuando el Doctor Salvatore, un pastor anglosajón, se le acercó en la fiesta de la iglesia y le dijo "*Vaya con Dios*", Reina no pudo evitar sentirse ofendida. Para ella no era más que una máscara. El hecho de que le hablara en español, tratando de ser cosmopolita, como si intentara borrar años de hegemonía, le incomodó. No le gustaba que en esa comunidad usaran los convivios para reclutar a la gente con hambre.

—Reina, ¿puedo hablar contigo por un momento?

—No hay nada de qué hablar, Doctor. Ya he dejado claro que la iglesia no es para mí. Estoy bien como estoy, ando de paseo.

—Se trata de comprender, hija, de aceptar a todos. Tu madre era buena persona. Solo quería asegurarme de que supieras que no intento imponerte nada, y que aquí vas a encontrar una familia.

—Bueno, agradezco su preocupación. Pero solo vine a buscar a mi madrina Cecilia.

Reina cruzó miradas con Cecilia, su madrina, sin saludarla. Se alejó, dejando atrás al pastor. El ángel seguía ahí en el vitral, invitándola a explorar un reino más allá de las paredes del templo.

10

Baltimore, Maryland 20 de Julio 2017

Le gustaba intimidar a los hombres con su mirada sugerente. Cuando se le acercaban, los rechazaba; era experta en enviar *mixed signals*[29], como solía decir. Se paró frente al espejo y colocó la cámara del celular para tomarse una foto de cuerpo entero. Era tímida, pero sabía que con la mirada repelía a los demás. No le gustaba llamar la atención, pero por su forma de vestir eso era inevitable. En el trabajo portaba ropa casual. Aunque siempre traía un objeto extravagante. Su favorito era un moño rojo gigante con círculos negros. La idea era portar algo que distrajera a los demás de su persona. Era su manera de esconderse de las miradas inquisidoras.

Tenía un sentido del humor peculiar. Carecía de amistades, porque no le gustaba involucrarse con los demás; se guardaba para sí misma. No era antisocial, solo que no se abría con facilidad. Sus hombros anchos terminaban en unos brazos largos y huesudos. Le gustaban sus piernas delgadas. Era una mujer de caderas y nalgas pronunciadas. Poseía una belleza singular y sutil. Su naturaleza andrógina la hacía atractiva. Llevaba el cabello negro y corto, hasta las orejas. El flequillo le cubría parte del rostro; la mirada, siempre nublada. Sus ojos cambiaban de color según el tono de su ropa.

Llevaba un tatuaje en el brazo, una mariposa con cola de alacrán. Tardó veinte minutos para tomarse la fotografía de su perfil. Portaba una chamarra de cuero, con detalles en rojo y blanco. El cuello, descolorido, mostraba signos de uso. No llevaba blusa ni sostén; se le veía el pecho descubierto, sin enseñar los pezones. Era un escote pronunciado que combinaba con su gargantilla de piel y picos metálicos. Posaba con el mentón inclinado. Sin sonreír, dejaba ver los dientes superiores mientras se mordía los labios. El delineador y el cabello negro le hacían tener un look punk. Su nariz puntiaguda y sus pómulos afilados le daban a su rostro un balance geométrico.

—*If this is not hot, I don't know what hot is!*[30] Estoy hecha una belleza — pensó. Le mandó la foto a Joel por el chat.

—*Oh wow, I really like this picture! You are so hot. Show me more!*

—*Do you really think so?*

—*So, what are you?*

—*What do you mean?*

—*Yeah! Where is your family from?*

—*Well, I am Mexican.*[31] ¿Que no parezco?

—*Yeah! You look Mexican. Have you ever done those tests that tell your DNA roots?*

—*That DNA ancestry stuff is absurd. I know I am indigenous, you know... Mexican and with a little black. What are they going to tell me? A fairy tale? It's better to make it up myself.*[32]

---

30 ¡Si esto no es ardiente, entonces no sé qué lo es!

31 –¡Oh, wow! ¡Realmente me gusta esta foto! Estás muy guapa. ¡Muéstrame más!
–¿En serio lo piensas?
—Entonces, ¿qué eres?
—¿A qué te refieres?
—¡Sí! ¿De dónde es tu familia?
—Bueno, soy mexicana.

32 ¡Sí! Pareces mexicana. ¿Alguna vez has hecho esos análisis que te dicen tus raíces genéticas?
—Esa cosa de la ascendencia genética es absurda. Sé que soy

—Nada más estoy sacándote plática. ¡No te enojes! *But seriously you look cute.*[33]

—*How sweet!*[34]

indígena, ya sabes... mexicana y con un poco de ascendencia africana. ¿Qué me van a decir? ¿Un cuento de hadas? Mejor me lo invento yo.

33 Pero en serio te ves linda

34 ¡Qué amable!

11

Baltimore, Maryland 21 de Julio 2017

A su relación con Joel le otorgó el color morado. También le dio la textura de las flores de lavanda. Nunca lo había visto en persona. Reina lo imaginó colmado de cualidades. Era como si viviera dentro de una ficción, como estar en un videojuego, enviando y recibiendo mensajes que la llenaban de emoción. Nunca fue afortunada en sus relaciones y quería que esta con Joel funcionara. La distancia y el hecho de haberse conocido por internet hacían de esa relación algo muy cliché, típica del siglo XXI, donde todo comenzaba con correos electrónicos, emojis y memes. A Reina le avergonzaba sentir algo más que atracción por alguien que no tenía frente a ella, alguien que vivía al otro lado del país, y que seguramente no era como ella lo imaginaba. Aun así, llegó a emocionarse con cada mensaje y cada adulación que leía.

Recordó la primera llamada por teléfono, la primera vez que le escuchó hablar. Días antes Reina se había tocado mientras imaginaba la voz ronca de Joel, pero en su lugar, escuchó una voz suave, como la de un chico tímido que terminaba sus frases con una risilla nerviosa. Le perdonó lo de la voz, pues el joven le mandaba mensajes cada mañana. Además, era un chico musculoso, con brazos para partirla en un abrazo. Al fin, su vida tenía algo de sentido, ¿y por qué no? un rumbo. Su relación apuntaba hacia Nuevo México. Sonrió al leer el mensaje de Joel.

—¿Qué vas a hacer hoy?

—¡No sé! Tengo ganas de bailar, de distraerme. Mi mamá sigue mal.

—*We are not going to talk tonite?*[35]

—¿Cuando llegue?

—*Nah it's fine!*[36] Nos hablamos mañana.

Le contaron sobre ese antro, *Performers*[37], el único sobre el techo de un edificio. El que agendaba a los artistas más exóticos. Desde ahí, el estadio de los *Ravens*[38] se veía imponente. Las luces brillantes de la ciudad eran como constelaciones que guiaban los deseos. La música electrónica la inspiraba. Cerró los ojos. Sintió su cuerpo levitar, como si todo estuviera bien. La música la llevó por caminos claroscuros, por momentos tranquilos. Luego la arrastró por mares inquietos, entre saltos y gritos desenfrenados de la vida. Las luces, con sus cantos, invadieron su mente. Así todos sonrientes, todos con sus distintas interpretaciones del mismo *beat*[39]. Así, ella visitó muchos mundos a bordo de un barco propulsado por la armonía. Por primera vez, se sintió realmente feliz. Reina estaba viva, y todos a su alrededor parecían estar en el mejor momento de sus vidas.

Quería disfrutarlo. Deseaba seguir degustando esos paisajes. Sabía que todo se tornaría a un color distinto. El mar y las luces que alcanzaba a distinguir no eran más que un celofán púrpura que se desvanecería con el viento. Era consciente de la jaqueca que le esperaba al día siguiente, pero quería prolongar

---

35 ¿No vamos a hablar esta noche?

36 Na, está bien.

37 Artistas

38 Cuervos

39 Ritmo

esa sonrisa tan fugaz en ella. Estaba borracha de felicidad. Le gustaba sentirse así, entre todos esos cuerpos danzantes, en medio de ríos de sonrisas y emociones desbordantes. Nada más importaba, solo el ritmo. Todos eran iguales; jóvenes, viejos, de diferentes colores y géneros. Ahí nadie le llamaba hermafrodita.

12

Baltimore, Maryland 10 de Abril 1999

Para Raimundo, el vestidor de varones era un lugar oscuro. El sonido del agua goteando en las regaderas y el olor a sudor se mezclaban en una sinfonía que le producía miedo. A sus quince años, Raimundo todavía se perdía en la esquina más alejada. Siempre quiso pasar desapercibido entre las sombras de los muebles y de los otros adolescentes. Lo que sentía por algunos de los chicos era un enigma para él. Su cuerpo, diferente al de los demás, se había convertido en un motivo de vergüenza.

Hasta los diez años, Raimundo vivió bajo un constante desfile de miradas confusas y comentarios malintencionados. Era el primero en entrar y el último en salir del vestidor, temeroso de los juicios y las burlas de los demás. A medida que crecía, la rebeldía floreció dentro de él. La curiosidad desafió la pena arraigada en su ser.

Solo en aquel lugar, mientras estaba de pie en el vestuario, llegó a sentir como si las paredes se estrecharan en complicidad con sus pensamientos. La humedad del ambiente vibraba, acogiendo su determinación. Tom, uno de sus compañeros, entró en el vestuario. Al verlo, Raimundo sintió una mezcla de emoción y nerviosismo. La atracción que guardaba en secreto hacia Tom salió a la luz. Fue en ese rincón de sombras donde las voces susurrantes del agua contrastaban con la atmósfera de ocultamiento. El joven Raimundo optó por abrazar la verdad de su cuerpo. El eco de su propia agitación resonaba en la quietud de ese lugar.

Tom estaba en negación respecto a sus sentimientos. Aunque encontraba a Raimundo fascinante, temía la reacción de sus amigos ante su atracción. El ambiente, que antes era de introspección, se cargó de electricidad cuando sus miradas se cruzaron. La presencia de Tom generó una turbulencia de emociones en Raimundo, quien estaba atrapado en un torbellino de nerviosismo.

Incómodo, Raimundo, rompió el silencio: —Oye, Tom, ¿cómo estás? —Tom, evitando la mirada de Raimundo, respondió: —Supongo que bien. ¿Y tú? —Estoy bien— dijo Raimundo. —Solo quería decir que lo siento por evitarte todos estos años. Sé que no hemos hablado mucho, y solo quería... um, ser tu amigo. — Tom miró a Raimundo, sorprendido por esas palabras conciliatorias. Se preguntaba por qué lo había evitado. Sintió una necesidad cortés de disculparse. —¡Está bien! —Tom dijo suavemente. — Sé que puede ser difícil sentirse diferente, y lamento si te he complicado las cosas. Solo quiero que sepas que estoy aquí para lo que necesites.— Los ojos de Raimundo se llenaron de lágrimas mientras miraba a Tom. No esperaba que él se mostrara tan bondadoso. —Gracias, Tom— susurró, con una sonrisa en el rostro.

Las sombras amplificaron su vulnerabilidad mientras la conexión entre los jóvenes se desenvolvía en un escenario donde la aceptación y la duda hacían acrobacias sobre un cable delicado. Ese día se fundieron en algo más que un abrazo. Reina asociaba el cuerpo de Tom con un tono salmón brillante.

13

Baltimore, Maryland 25 de Septiembre 2017

No sabía cómo sostener una pistola. Sintió una atracción irresistible por el poder que esta le otorgaba. Se mordió el labio y disparó. A medida que el día avanzó, se acopló al movimiento del revolver. Le daba al blanco con frecuencia. Reina siempre sintió atracción por lo desconocido; le causaba emoción correr riesgos.

Recordó el día en que la compró. Su revólver era un objeto elegante y reluciente, con una superficie metálica que brillaba a la luz del sol. Llegó a casa, cerró la puerta de su cuarto y examinó la pistola. Pasó sus dedos sobre la superficie fría. Era un objeto peligroso. Reina quería aprender a jugar con su nueva adquisición.

Leyó una multiplicidad de artículos que encontró; un revólver del calibre 22 es de los menos letales, pero fácil de maniobrar. Estudió acerca de los mecanismos internos. Practicó cargando y descargando el revólver. Aprendió a equilibrar su peso sin que le temblará la mano. Lo cargó y lo apuntó al muro. Pasó su dedo sobre el gatillo. Cerró los ojos y apretó; el sonido del disparo retumbó en sus oídos. Asustada, Reina abrió los ojos para ver el agujero de la bala en el muro; un recordatorio mortal de su poder.

Reina se inscribió en una clase para principiantes. El centro de tiro era una sobrecarga sensorial: el sonido de los disparos chocaba contra las paredes del galpón. Era una lluvia proveniente de todas las direcciones. Reina se sintió fuera de lugar, con movimientos torpes al cargar y apuntar su pistola. Percibía la mirada de los otros tiradores sobre ella, juzgando cada uno de sus movimientos. Apretó el gatillo y falló el blanco, un cosquilleo de adrenalina le recorrió el estómago.

Determinada en aprender a disparar, Reina apretó los dientes y siguió practicando. Dejó la pista de tiro orgullosa. *Gaia*, como bautizó a su revólver, la hizo sentirse protegida.

14

Baltimore, Maryland 13 de Septiembre 2017

From: Fancyanime@comics.org
To: Joelito13elfeliz@extra.com

Hola Joel,

Gracias por ser y por estar. Creo que hemos compartido bastante, y creo que eres acreedor a conocer más sobre mi vida. Sabes, siempre he visto todo a través de un filtro, Joel. Todo se me presenta digerido; alguien más lo interpreta por mí o me manda fotos con filtros, como lo haces tú, Joel. No creas que no me doy cuenta de que los archivos que me mandas no son originales, pero no me importa, te quiero, Joel.

Recuerdo, cuando niña, mi madre platicaba de mis abuelos, de cómo ellos eran felices y que ella salía sobrando. De cómo en las tardes mi abuelo ponía boleros en su consola y que la pareja se ponía a bailar. Mi mamá me contaba que los boleros y el olor a tierra mojada le recordaban a sus padres. Hasta hace poco escuché un bolero porque a ella no le gustaban.

Joel, la vida no fue fácil para mi madre ni para mí. Cuando me pegaba, lo hacía con saña. Sí, confieso que hacía cosas para molestarla, pero los golpes y su cara no eran los de una persona que quiere corregir a su hija, sino los de una persona con mucha ira. La veía frustrada, como si quisiera acabar con ese otro cuerpo. Cuando me pongo nerviosa, Joel, miro mi cicatriz, la del brazo izquierdo, la que quedó de aquellas golpizas, la que me quedó cuando me puso el cuchillo caliente en el brazo, la que solo se alcanza ver bajo la cola del alacrán de mi tatuaje.

Recuerdo que en la escuela les decía orgullosa, riendo, que a mí me gustaba jugar con fuego y que mi madre me ayudó a apagar uno que desaté en la cocina. Todos me veían sorprendidos, y me convertí en una *Rockstar*[40] durante toda la semana. No te puedo decir con certeza cómo eran mis abuelos porque no lo sé. Mi madre me platicó que mi abuelo fue muy duro con ella. Él fue el que le dio el dinero para que llegara hasta aquí, para que se viniera a este lado a tenerme. Dijo que cuando llegó fue el peor invierno de su vida: se colapsó en la calle limpiando la nieve de la banqueta y casi me pierde. Me contó orgullosa que nunca dejó de hacer trabajos pesados y nunca tuvo amenaza de aborto, aunque sospecho que eso era lo que intentaba.

Creo que por eso nunca fui de su agrado; no jugó, ni bromeó conmigo. Alguna vez la vi interactuar con sus compañeras en el último restaurante que trabajaba y se veía feliz. Hablaban de la novela, de los clientes, de los repartidores. Se llevaba muy bien con las peruanas con las que trabajaba. Ese pollo asado era una delicia, y nunca fue para traerme una pieza. Prefería regalarlo a la iglesia a la que iba. Me decía que a mí no me gustaría porque yo ya estaba muy agringada. Era su manera de insultarme, de mostrarme su inconformidad con mi persona.

Siempre vivimos en barrios difíciles, y le agradezco que me alimentó y me dio un techo. Pero también siento que no fue buena persona conmigo. No se lo dije. Pienso que no dio su mejor esfuerzo, que vivió su vida arrastrando los pies, sin motivación alguna. Después de que los abuelos murieron, ya no tuvo motivos para ahorrar dinero. Vivió su vida haciendo un guardadito,

40 Estrella de rock.

llenando un cochinito con dinero. Quería ir a México, visitarlos, llevarles algo. No sé si quería presentarme con ellos, pero quería verlos. Quizás para decirles: "mírenme aún existo", pero nunca pudo hacerlo. Los abuelos murieron, y ella nunca fue. Después de enterarse, ya nada la motivaba.

A ella nunca le gustaron los niños. Decía que ni un nieto la haría feliz. Esa afirmación me sigue pareciendo curiosa porque se reía a montones con los videos de niños contando bromas, y le gustaba ir a las fiestas de los nietos de sus compañeras. Mi madre siempre fue una contradicción, como yo. Quizás ella me enseñó a ser así, pero me niego a creer que no puedo ser funcional.

Mírame, siente mis letras y mis sentimientos. Soy tan real como el recuerdo nauseabundo que evoca mi madre. La quiero, Joel, pero te quiero también a ti. Y no quiero que me dejes como ella me dejó, Joel. Prométetelo. No quiero asustarte, no estoy loca, pero viví muchas cosas y no quiero que también tú me decepciones. No quiero que te alejes de mí, no quiero perderte. Quisiera ser como un gato, sin depender de nada, ni del amor de un humano. Los gatos que salen a pasear tienen muchas familias, Joel. Yo no quiero tener muchas familias, pero tampoco quiero depender del amor de una persona.

¿Cómo hago para no depender de tu amor, Joel? Sé que no vamos a vernos por video y que las llamadas tienen que ser más escasas por el trabajo que tienes tan importante, pero no dejes de escribirme. Eres como un garfio que me sostiene de la realidad. A veces ese garfio no está, pero no pienses en quitármelo por favor. Cuéntame Joel, ¿cómo es la vida en el desierto? yo nunca he estado ahí ¿Alguna vez te has percatado que se te van los sentidos? ¿Has sentido que el calor del sol te va a matar? Yo sí lo he sentido, pero creo que mi versión de "morirme de calor" no se compara con tu versión. La tuya debe ser más intensa.

El mundo está lleno de monstruos, Joel, pero yo sé que tú no lo eres. Sé que lo que me dices es verdad, y que va a llegar el día en que nos encontraremos y que veamos hacia atrás para decir: "¡Qué afortunados somos!" Dichosos de que nuestra relación sea tan moderna, tan hija de la tecnología. Soy afortunada de tener a alguien como tú, Joel. Gracias por leerme, gracias por estar del otro lado de la pantalla, gracias por tus mensajes tan dulces. ¡Nunca me dejes, Joel!

15

Columbus, New Mexico 13 de Marzo 1994

El Panzas era su apodo de infancia. Johnny jugaba con los otros niños, pero siempre fracasó en sus intentos de seguirles el paso. Para curar la depresión que le causaba su obesidad, encontró refugio en el cariño de su abuela. La vieja lo consentía con dulces y manjares. Cruzaba a México y regresaba a Columbus con su paquete de Gansitos para alegrar el corazón de su nieto. Cuando lo abatía el cansancio Johnny observaba a los otros niños, a los delgados. Eran ágiles como los zorros. Salían disparados de la cancha de básquetbol para mantenerse por horas en sus bicicletas. Jugar con sus amigos significaba un gran esfuerzo para él. Esos no eran juegos, era ejercicio tras ejercicio que solo lo agotaba. Las niñas eran más sedentarias, pero también pasaban el tiempo bailando, moviendo los pies y los brazos.

Él los veía sentado, esperando a que todos se tranquilizaran antes de aparecer. Le gustaba compartir momentos apacibles con sus amigos. Siempre fue así: sereno, cerebral. Encontraba gozo en la contemplación; era feliz mientras los demás gritaban, reían, y lloraban. Estaba frente a una película interactiva donde existía la posibilidad de convivir con los personajes. Los podía tocar. Las risas tenían dos matices: las claras, que lo incluían, y las oscuras, que lo aislaban y hacían resaltar sus imperfecciones. Era una lluvia de burlas que lo agobiaba y le impedía respirar. Le ensombrecía los sentidos.

El olor de su transpiración era desagradable para los demás, eso le avergonzaba, y también cómo la parte superior de los labios le sudaba. Su propio olor lo incomodaba. Teodoro le gritó: — ¡Ya se hizo malo el tocino!— Ese día marcó la vida de Johnny. Harto de los insultos constantes, estrelló la cabeza de Teodoro contra el pavimento. Lo llevaron a la cárcel juvenil. Decían que Johnny era el nuevo huésped de la *Juvie*[41]. A partir de ese momento, la actitud de su abuela cambió. Ella decía: —Sí lo quiero, pero también quiero corregir el camino del jovencito y tengo que ser dura. – Aunque no lo aparentara, la abuela le temía a su nieto.

El Panzas creció. Los otros respetaban su fuerza y su locura. Lo criticaban en broma, solo lo suficiente como para que se sintiera en confianza. Le encontraron utilidad a su enorme masa. Fue el primero de la palomilla en dar el estirón. Cuando uno de sus amigos se metía en problemas, bastaba con que Johnny caminara cerca y los demás, junto con sus problemas, se alejaban. Después, los tatuajes y la cabeza calva hicieron el resto: todos le temían al pelón tatuado.

No había cosa que sus conocidos no necesitaran que él no pudiera conseguir. Se transformó de *clown*[42] del salón a ser amigo fiel. El amor, sin embargo, lo llenó de inseguridades. A las muchachas les parecía simpático, les daba ternura, pero las repelía en cuanto les expresaba interés sentimental. Por eso se refugiaba tras sus avatares en la computadora, tras ese cristal lleno de mentiras. Después de las palabras incisivas de Marthita:

41 Carcel juvenil.
42 El Payaso.

—Yes, I like you, but you are a little overweight, you know, a little on the fat side.[43]

Nunca más le volvió a declarar sus sentimientos a una chica en persona.

16

Baltimore, Maryland 28 de Agosto 2017

Un cortejo fúnebre se apilaba. Los carritos del súper permanecían estáticos, como si estuvieran listos para seguir a la carroza. Todo le recordaba a la muerte. Veía arreglos florales, ataúdes, enfermos terminales y esquelas por todas partes. Pensó en su madre, quien vivió sus últimos años con la llama casi apagada. Olga dejó de sonreír, pues su problema de salud de a poco la despojó de sus dientes.

Su madre adivinaba el estatus social de las personas por la cantidad de víveres que llevaban en el carrito. Según ella, las marcas caras indicaban si las familias eran pretensiosas. Decía que, curiosamente, los de las marcas baratas eran los ricos. Ellos no consumían grandes cantidades; solo se aseguraban de comprar lo justo. Olga trabajó en labores domésticas en las casas de gente pudiente y siempre fue muy observadora. Siempre que Reina compraba comida innecesaria que su madre sabía, terminaría en la basura, le reprochaba —Así nunca vas a llegar a rica.

Para Reina, todos tenían obsesiones. Desde su niñez, le llamó la atención la forma en que caminaban los demás. Así determinaba quien sería su amigo y quien caería de su gracia. Si alguien le parecía atractivo, su segundo filtro de calidad recaía sobre la manera de andar: no le gustaban las personas que caminaban apuradas; para ella esas personas perdían el glamour y no tenían clase. Tampoco le agradaban los que daban pasos largos, los consideraba seres ventajosos, flojos, que no se esforzaban. A ella le gustaban los pasos moderados, cortos, con un andar tranquilo. Fue difícil encontrar niños con ese caminar, y por eso no tuvo tantos amigos.

En su lecho de muerte, Olga lucía bonita. Reina la ungió con aceites de frutas, intentando ocultar el olor a acetona que desprendía el cuerpo de su madre. Durante esos últimos días, le pintaba los labios y le recogía el cabello para que no se acumulara el calor en su cabeza. Recordaba las palabras de su madre, pronunciadas con una voz ronca que de a poco se apagaba. Cada día eran menos suspiros.

—¡Tengo sed! ¡Virgencita!, ¡Gracias!, ¡Perdón! ¡Me duele!

Cuando llegó la gente del *Angels Hospice Care*[44], el mundo de Reina se desmoronó. Le mostraron una hoja, con nombres y firmas. Para Reina, esos papeles confirmaban que la muerte sabía del lugar en donde su madre esperaba. Los del hospicio cuidaron de ella en sus últimos días. Olga murió dos semanas después.

Esa imagen en el supermercado fue lo más parecido a un funeral. Con ella nada más estuvieron dos compañeras de la oficina, Tina y Carol. Ninguna de las amigas de su madre fue al velorio. Reina comprendía que en esos trabajos de salario mínimo era difícil conseguir permiso para ausentarse, sobre todo si se trataba de una amiga y no de un familiar.

Reina no se perdonaba haber sido la causa de que su madre cambiara de vida y de entorno dos veces. La primera, cuando lo dejó todo y se mudó a este país. La segunda, cuando Raimundo decidió vivir como Reina. Olga prefirió salirse del barrio; nunca quiso que sus conocidas de *Upper Fells Point*[45], hablaran mal de Raimundo. Ese día espeso estaba teñido de un verde pantanoso.

17

Baltimore, Maryland 20 de Septiembre 2017

From: Fancyanime@comics.org
To: Joelito13elfeliz@extra.com

Hola, Joel:

Desde este café te escribo a ti, Joel. Te escribo mientras espero un texto tuyo, una señal de humo, un guiño, algo. Traigo puesto mi vestido favorito, quiero sentirme bien. Me gusta cómo el púrpura hace que mis ojos se vean más claros y brillantes.

Algunas chicas se van de compras para aliviar su depresión. Yo solía hacerlo, pero la pena se hacía más grande cuando tenía que devolver los objetos que no podía pagar. *It felt like the walk of shame*[46]. Ahora, solo me pongo mi vestido favorito y me contemplo frente al espejo. Creo que estoy viviendo un ciclo, Joel. Cuando era joven usaba la ropa de los domingos en ocasiones especiales. Hoy no es domingo y aquí estoy, con este vestido.

Joel, si pudieras ver cómo todos en el café tienen los ojos en sus pantallas, quizás ell@s tengan algún Joel, añorando a que les escriba. Desde esta mañana espero tu correo electrónico, quería escuchar ese sonido que hace la bandeja de entrada para que me activara la felicidad. ¿Te confieso algo? Esta mañana también marqué a la pizzería para cerciorarme de que mi línea estuviera bien. *The call went through*[47]. Las cuentas viejas de correo electrónico sirven mucho en estos casos. Mandé un correo de prueba y me llegó sin problema. No me gusta tener amigas, porque me resulta difícil tratar con mujeres. Tampoco soy muy social. Tú has de tener muchos amigos, Joel; eres muy simpático. *I like you!*[48]

Hace rato leí mi horóscopo, presagiaba pequeños problemas de comunicación con mi pareja. Por eso te escribo, Joel, para aclarar todo, para aclarar que te extraño. Me pregunto: ¿quién es más poético, el intérprete de sueños o el que hace los horóscopos? A ellos les toca escribir sobre las líneas que dejan las estrellas.

A veces salgo de noche, Joel. Salgo a buscarte en otros cuerpos, en otros rostros, pero no te encuentro. Quisiera buscarte en otras manos. Sabes, no me gustan las manos ásperas, me molestan. Pienso que la piel gruesa no les deja sentir, las vuelve torpes. Sé que tus manos no son como la tez de un caimán. Sé que son varoniles y muy precisas. Las imagino alargadas y tibias. Quiero que hablen con mi cuerpo. *I want to feel them*[49].

Afuera hay luz, la gente pasa con sus vidas y sus nudos. Yo aquí, sentada con mi café frío, leyendo la tarjeta de la campaña a la que doné dinero. Con un dólar me convertí en filántropa, para que un niño en África también disfrute de un café.

Me disgustan las campañas de animales en la televisión, esas que muestran animales desnutridos y golpeados, son amarillistas. Ayer vi un video de un gato. No me gustan los gatos, pero veo sus videos. Era muy gracioso; parecía contestarle a la dueña cuando le hablaba. *It was funny*[50].

Me gusta ver a esas familias tan sonrientes, pasean tan contentos, sosteniendo las manos de sus hijos, y cómo se detienen para señalar situaciones graciosas. Me pregunto, si vendieran esa felicidad, ¿qué precio le pondrían, Joel? *One dollar?*[51]

---

48 ¡Me gustas!

49 Quiero sentirlas.

50 **Era gracioso.**

51 Un dólar

Siento miedo, Joel, como una premonición de que algo va a salir mal y que está fuera de mi control, como cuando regresa el mesero y dice que tu tarjeta de crédito no pasa. Sé que has de estar ocupado y por eso no me escribes, Joel. Sé que estás acomodando tu vida para que todo esté mejor.

I love you[52].

Reina

18

Baltimore, Maryland 3 de Noviembre 2001

Se cansó de compensar de más y terminó lastimándose la garganta al entrar en la juventud. El día en que la pubertad llegó para todos, a ella se le escondió. Quería hablar como varón, y se lesionó. Sus cuerdas vocales quedaron dañadas; desde entonces su voz suena extraña, como si estuviera rancia, con cáncer en la tráquea.

Dentro de ella seguía la esencia de Raimundo: un chico frágil, con una sonrisa tenue, apenas perceptible. Siempre temeroso de no ser fuerte. Reina sabía que resultaba atractiva para las personas, que su dualidad llamaba la atención. Fingía tener una seguridad absoluta al caminar. Era frágil, pero lacerante como una daga. Su poder no venía de sus brazos o piernas, sino de su intuición, de su capacidad para pensar rápido.

Se imaginó a su madre sufriendo con la decisión de que su hijo continuara con el tratamiento médico. Olga quería que su Raimundo saliera adelante, para que algún día cuidara de ella. A pesar de que todo se desmoronara en su interior, los pajarillos discutían en el parque como en tantas otras ocasiones. Imaginó a Olga contemplativa, deseando que ese alboroto también estuviera en su corazón. Ese verano tan alegre no le cambiaba su estado de ánimo, tan azul. Los inviernos de Baltimore eran más parecidos a lo que llevaba dentro: matices grises, fríos y opacos.

Recordó también al Doctor Salvatore, un conocido de Cecilia, su madrina. Cecilia asistía a los servicios dominicales de la iglesia metodista. Nunca fue una fiel devota, pero le gustaba la vida social de las iglesias. Era de mente abierta. Decía estar segura de que Dios está en todas partes y que todas las religiones, por muy descabelladas que sean, tienen algo de razón y algo de absurdo. También que las personas están ahí, en las iglesias, tratando de ser mejores, arrepintiéndose por alguna situación o buscando consuelo y apoyo. Por eso Olga nunca rechazó la invitación del Doctor Salvatore para dar asistencia en su comunidad y sentirse de alguna manera protegida.

Ese día, los adolescentes mayores de la congregación se acercaron a Raimundo y le preguntaron qué leía, amistosamente, les respondió que cómics, el número 353 de *Spiderman*[53]. Se despidieron con una sonrisa burlona y salieron al patio de la iglesia. Mientras se alejaban, Olga los escuchó reír.

—*He is such a nerd! How old is he? Five?*[54]

Antes de la transición, Raimundo era un jovencito tímido, que sonreía tratando de agradar a las personas. Su expresión se perdía en el galerón de la iglesia, entre las olas de rostros multicolores. Las mujeres anglosajonas se acercaban a las de color. Era una dinámica magnética en la que las de clase alta convivían con las minorías, asegurándoles que Dios existía, que actuaba a través de ellas y que era bondadoso. Por eso estaban ahí, ayudando con ropa usada y despensas. Las damas evangelizadoras nunca confesaron que, aunque no necesitaban las despensas, la comida que les regalaban permanecía en sus alacenas por mucho tiempo.

Al salir del convivio, quisieron ayudarles porque iban cargadas, pero a Olga no le gustaba causar molestias. Raimundo cargó diez libras de despensa durante una hora, desde el autobús hasta su departamento.

—Raimundo, hijo, escúchame bien. Nunca vamos a volver ahí. ¡Nunca más!

---

53 El hombre araña

54 ¡Qué nerd! ¿Cuántos años tiene? ¿Cinco?

19

Columbus, New Mexico 20 de Octubre 2017

Sintió el sol pegándole en la cara. Estaba preocupada por la posible reacción de Joel. Cómo se sentiría al enterarse de que ella no era solo ella o solo él. ¡Ella era ella y él! Recordó que llevaba cinco mudas de ropa en su maleta. También empacó la toalla que le dieron en el hospicio, la que usaba la enfermera para secar a su madre. La muchacha que le confesó que trabajar en un hospicio la hacía sentirse como el ángel de la muerte, y que no podía deshacerse del hedor de los enfermos. Esa misma enfermera fue quien le avisó que su madre había fallecido mientras Reina descansaba.

Tenía una mirada tan tierna como la de Tina. Cuando las cosas no salían bien en el trabajo, Tina ofrecía consuelo: —Oh no, qué lástima, lo siento—; pero en cuanto colgaba, se le iluminaban los ojos. Quizás el saber que ella no pasaba por esa angustia la ponía de buen humor. El dolor de los demás parecía no afectarle en lo más mínimo; su empatía estaba más seca que el desierto por el que Reina conducía.

Columbus era pequeño y no se parecía al resto del país. No había gente en las calles. Asemejaba a las ruinas de una ciudad tras un ataque bélico. Se detuvo en la única gasolinera del pueblo. Las dos personas con las que cruzó palabra hablaban con un tono de resignación, como si esperaran que, en cualquier momento, algo apareciera para romper la calma. Alguna vez se preguntó por qué la gente vive en los desiertos del Medio Oriente, y ese día se hizo el mismo cuestionamiento respecto a la gente que vivía en el desierto de Nuevo México.

Al llegar a la casa de Joel, notó que las paredes ya no eran del color almendra que recordaba de las fotos en *Google Maps*[55]. Se dirigió a la entrada por una calle perpendicular, caminando por un sendero de terracería. En la ciudad nunca había pisado lo que parecía una calle sin comenzar. –Este lugar se estancó en un tiempo intermedio, está en la interzona, –pensó. Los perros del vecindario advirtieron su llegada. Una puerta de madera con un marco vencido la separaba de Joel. Tocó, pero no hubo respuesta inmediata. Tocó con más fuerza. Una cortina se movió lentamente, apenas perceptible. Una vez más, Reina golpeó la puerta. Una anciana la atendió; sus manos deformadas por la artritis se aferraban al marco de madera.

—Buenas tardes, ¿qué se le ofrece? —preguntó la anciana, desde la puerta, Reina alcanzó a ver un revólver tras una vitrina, custodiado por un cuadro de Francisco Villa. Era similar al que llevaba en su bolso. La señora no conocía a Joel ni a la familia Baca. Las fotos que Reina le mostró en su celular las recibió con una negativa.

–Ya le dije que no señorita, aquí no vive ningún Joel. Aquí nomás vivimos mi viejo y yo, pero ahorita él no está. Anda en Palomas.

—Muchas gracias, señora. Perdón por molestarla —dijo Reina, quitándose el sudor de la frente.

Reina siguió con su búsqueda. En el restaurante *El Camino* mostró las mismas imágenes que había compartido con la anciana.

—¿Y usted? —preguntó a otra persona.

—No, oiga, a él nunca lo he visto.

55 Mapas de Google

También preguntó a una joven pareja que estaba en una mesa, todos respondían con negativas. Deberían saber de alguien con ese nombre, pensó. Quizás lo ocultaban.

—¿Le hizo algo, oiga? Debería ir a la policía —alguien le sugirió.

Todo un pueblo conspiró en su contra. Reina se sintió defraudada. En ese momento, descargar el revólver en medio del desierto le habría hecho bien. Los perros San Bernardo vinieron a su mente. Recorrió el pueblo en su automóvil, esperando encontrar algo que la llevara a Joel. Tenía una corazonada; estaba segura de que Joel vivía ahí. Sujetó los tirantes de su bolso y palpó el bulto del revólver. Le habló a un hombre que corría sobre la acera y le preguntó por unos perros San Bernardo.

—Se me salieron del carro y no los encuentro.

—No se preocupe, señorita, aquí nada se pierde. Los únicos que conozco como los que me describe son los que tienen en el taller, ahí en la *First Street*[56]. Se llama *Johnny's Shop*[57], pero el mecánico lleva mucho tiempo con ellos, no creo que sean los suyos si los acaba de perder.

—¡No, entonces no son esos! Bueno, si los ve, agárrelos. Voy a seguir buscando. *Thank you!*[58]

Reina imaginaba una cosa; la realidad la volvía otra. Los san bernardos asomaban la cabeza por encima de la barda del taller. Unas letras coloridas con vivos azules le confirmaron que estaba en *Johnny's Shop*. Su corazón palpitaba aceleradamente, y los labios le temblaban. No sabía qué preguntar. Al entrar al taller, se percató que un hombre obeso golpeteaba unos fierros debajo de un automóvil. La música en el taller permitió que

56 Calle Primera.
57 El Taller de Johnny.
58 Gracias.

Reina se acercara al mecánico sin ser escuchada. Lo observó por un minuto, negando la posibilidad de que ese sujeto la hubiera engañado durante meses.

Con su mano derecha palmeó el automóvil.

—*Yes, can I help you?* —dijo el hombre, poniéndose de pie y quitándose los guantes.

—*Sure, my car is making weird noises.*

—A ver, *let me check. Where is your car?*

—*It's just outside.*

—*Ok!*[59]

El hombre se dirigió hacia el automóvil de Reina. Nerviosa, sacó su celular y marcó el número de Joel. Una musiquilla salió del interior del auto que tenía el cofre abierto. Joel regresó apurado y revisó su celular. Colgó la llamada frente a Reina. Una vez más, ella lo llamó y se puso delante de él.

Joel la miró sorprendido.

—¿Reina?

—¡Hola, Joel! Desde ahora te advierto que traigo una pistola en la bolsa. Ni pienses en acercarte. ¿Qué pasó? ¿Por qué me mentiste? ¿Por qué no contestaste mis correos ni mis textos? ¿Por qué no eres tú?

—Discúlpeme, señorita. Creo que me está confundiendo con mi hermano —dijo Joel, agachando la cabeza y dispuesto a irse.

—¡Ya, Joel! ¡Ya no me mientas! ¿Si te llamas así?

—No, señorita, mi nombre es Johnny. Creo que me está confundiendo.

—No, no me confundo. Esa es la misma voz que me

---

59 ¿Puedo ayudarte?
Claro, mi coche está haciendo ruidos extraños.
Déjame revisar. ¿Dónde está tu coche?
Está afuera.
¡Está bien!

hablaba por las noches, la que me consoló cuando supe lo del cáncer de mi madre. Ya no es necesario mentir.

—Discúlpame, Reina. No sé qué decir. Eres igual de bonita que en las fotos. Ya no llores. No vale la pena.

—Yo sé que no vale la pena. *¿I traveled half of the country for this?*[60]

—*I know, Reina, I am sorry, I fucked up. I know I pulled some Catfish shit.*[61] No quise lastimarte.

—Con la muerte de mi madre y con esto, ya no sé qué voy a hacer.

—*Here, sit*[62]. Bebe algo de agua. No sé qué haces aquí. Tú y yo ya no hablábamos. Sé que quedó inconcluso, pero lo dejé por la paz.

—Precisamente, lo dejaste por la paz, Joel. ¿O cómo te digo? ¿Johnny? Yo te quería. Bueno, quería a Joel, y ahora no sé qué sentir. Estoy enojada, estoy triste. Te quiero meter un balazo.

—No digas tonterías. Perdóname, en serio. Yo también te quiero, pero mírame. Si te hubiera mandado una foto mía, nunca me habrías aceptado, mucho menos tener una relación conmigo. Por eso te mandé esas fotos de otro.

—Sí, Joel, pero ¿por qué a mí? ¿Qué te hice? *I have a lot of problems as it is*[63].

—Me gustó tu sonrisa. Además, no pensaba ir a Baltimore. Me gustaba nuestra relación a distancia.

—Me siento confundida. No sé qué hacer.

— Ya estaba a punto de cerrar ¿Tienes dónde pasar la noche?

—No. No cambies de tema. No sabes todo lo que batallé para dar contigo.

---

60 ¿Viajé la mitad del país para esto?

61 — Lo sé, Reina, lo siento. La regué. Sé que me hice pasar por otra persona.

62 Siéntate

63 Ya tengo suficientes problemas.

—Eres muy inteligente.

—Y no, no tengo dónde quedarme. Pero, ¿qué importa?

—*There is a hotel. It's called "Los Milagros"*[64]. Te ofrecería mi casa, pero sé que no me tienes confianza. Te ves cansada. Además, ya voy a cerrar. Mañana seguimos hablando.

—¿Quién es el de las fotos?

—Ya, no importa. Mañana hablamos.

—¡No! ¡Sí importa! ¿Lo conoces?

—*¡No! It's just a random guy*[65].

20

Columbus, New Mexico 21 de Octubre 2017

Los aullidos de los perros vaticinaban la desgracia de alguien en el vecindario. En su infancia, Olga le decía que la muerte andaba rondando, los perros podían verla y por eso aullaban. Así pues ahora se preguntaba el significado de la jauría de coyotes cantándole a la noche en ese desierto. Rodó por las sábanas, estaba fundida de cansancio pero no dejaba de sentirse embrollada. Nadie le pidió que viniera. Ella era la flamante dueña de una nueva y dolorosa verdad. Al evocar las fotografías, el recuerdo de Joel aún era placentero. No podía creer que a partir de ese día tendría que recordar a su amado Joel con la cara tan desagradable de Johnny.

—¿Dónde has estado todo este tiempo? ¿Dónde te escondiste? ¿Por qué me dejaste así, de la nada, sin hablar, sin avisarme? Eres un pendejo. ¡Además, eres muy feo!, ¿sabías? No sé cómo pude fijarme en ti. Bueno, sí sé, me pusiste otras fotos y eras muy lindo en tus llamadas y en tus mensajes. ¿Por qué mentir? ¿Por qué desaparecer? *Was I too intense for you?*

—*Yes! It was a little bit too much!*[66] —contestó Johnny.

—*But that's how I am*[67]. Siempre que algo me gusta, me clavo mucho y no me despego hasta que es mío. Pero contigo creo que es la excepción. Ahora, ya no me importas. Tengo coraje, tengo impotencia y también estoy muy triste. La verdad, no tengo mucho por qué vivir. Eras algo que me mantenía anclada. Siempre había una parte de mí esperando verte.

Johnny la miraba sorprendido; eran preguntas, que buscaban pequeños fragmentos de verdad, intentando entender la realidad de su comportamiento. Johnny nunca antes había tenido que responder por la causa de sus otras desapariciones. Había otras amigas, otras novias, pero ellas estaban enamoradas de sus otros avatares. Él era un fantasma que hacía magia con sus dedos.

—¿Qué quieres que te diga, flaquita? ¡No tengo una respuesta! Es lo que hago, ¡así me entretengo! *You know? I look around for cuties like you*[68]. Unas caen y otras no. Cuando las cosas se ponen así, cuando se ponen exigentes o quieren más de mí, pues desaparezco, *as simple as that!*[69] Soy una persona solitaria. Aquí no hay gente de mi edad. Pura mocosilla o muchacha casada, no hay de dónde escoger.

Se quedó con esas palabras. No le decían bonita con frecuencia, y la otra parte de la explicación la bloqueó; no quería escucharla. La persona que tenía frente a ella quizás era una de las pocas por las que sentía cariño. Su amor seguía ahí; ella seguía queriendo a Joel, pero Joel era otro, tenía otra cara, otro cuerpo, otras manos.

—Flaquita, ¡no te enojes! *Please!*[70] Yo estoy consciente de que ya no puede haber nada romántico entre nosotros. Pero vamos a empezar de nuevo, seamos amigos. Te aprecio bastante y sé que si estás aquí, es porque también me tienes al menos un poquito de amor. ¿Cuándo te vas?

—Así es, quiero mucho a Joel, pero no existe. Tú le diste vida a un personaje. Son fotos de alguien mas. ¡No sé qué voy a

68 ¿Sabes? Busco a chicas lindas como tú
69 Así de simple
70 Por favor.

hacer! Estoy frustrada. Venía tan emocionada *and I hit a wall*[71]. Así me siento.

—¿Qué hacemos, flaquita?

—No me digas así.

—¿Qué hacemos, Reina?

—¿Hacemos?

—¡Sí! Quiero ayudarte, ¡hacer algo por ti! ¡Hacerte sentir mejor! *Let's be friends*[72]. ¿Te digo quién es el de las fotos? Sé que te intriga, ayer me preguntaste por él.

—Te pregunté solo por curiosidad. ¿Vive en este pueblo también? ¿Lo conoces?

—*Nah, it's just a guy, but I did my homework*[73]

—Mira, aquí tengo más fotos. Vive en México. *Do you want to meet him? I'll take you over!*[74]

---

71 Y me estrellé contra la pared.
72 Seamos amigos
73 No, es solo un chico, pero hice mi tarea y lo investigué
74 ¿Quieres conocerlo? ¡Yo te llevo!

21

Ciudad Escarlata, México 20 de Febrero 2010

Llamó para asegurarse de que la vieja estuviera bien. Esa conversación lo trajo de vuelta a la realidad. Javier salió huyendo del puerto de Veracruz, dejando todo en el olvido. Quería empezar de cero. Necesitaba salir de eso: ya lo habían golpeado una vez. Ahora tenían a su madre amenazada de muerte por sus deudas de apuestas. Llegó al norte de México, a una ciudad desértica, lejos de todo, donde se rumoraba que por el río corrían miel y leche, y que los edificios del otro lado estaban hechos de pan y chocolate. Le dijeron que había tanto trabajo que parecía que caía azúcar del cielo. Una ciudad bíblica. Tenía una deuda enorme que crecía a cada segundo.

¿Dónde habían quedado aquellos años de su infancia? Esa brisa del mar mientras pateaba el balón jugando en la playa. Su vida tenía otro sentido en aquel entonces. Ahora, había que encontrar trabajo para comprarle tiempo a su madre. Los malos eran dueños de los bares donde hizo sus apuestas. Perdió las escrituras de la casa. Todo o nada: su dignidad se esfumó en esa segunda apuesta. Los dados golpeaban el vaso al ritmo de su corazón. La combinación de un par de cincos, un tres y el dos maldito se rehusaron a acompañar su suerte. No sumaron lo suficiente como para batir al dieciséis de su contrincante. Ese día, la vida de su madre pasó a ser propiedad de *Los Feos*. Javier salió furioso; ni un conjuro, ni una pócima podrían arreglar el desastre en que se había metido, pensó.

También recordó su llegada a Ciudad Escarlata, ese lugar desértico que tanto amaba y odiaba. Le dijeron: —¡Quiubo malilla! Ese día pagó su derecho de piso por vivir en la colonia Carmelita. Aunque Javier era fuerte, se sintió derrotado antes de pelear. Cinco jóvenes formaron un círculo y Javier, incrédulo, se quedó sonriendo nervioso en el centro por lo absurdo de la escena. Un sexto hombre apareció, vistiendo una camisa desabotonada, excepto del cuello. Caminaba con actitud desafiante, el mentón alzado. Llevaba el cabello corto, reluciente, cubierto por una malla fina. Se quitó la camisa y las gafas oscuras, tirando golpes al aire, como entrenando, mostrando lo fuerte que podía golpear. Su párpado izquierdo terminaba con tres puntillos tatuados en forma de triángulo. Al costado del ojo derecho se percibían dos lágrimas en tinta negra.

A Javier lo intimidó ese ritual de bienvenida. Los golpes no eran tan dolorosos como los aguijones que invadían su conciencia. Pensó que el círculo de jóvenes servía como relevo para el anfitrión del barrio. Cuando la golpiza terminó, los malandros se alejaron, burlándose. —¡No se vaya a asustar compita!— Javier huyó descompuesto. Tres cuadras lo separaban de la vecindad que albergaba su vida. Las lomas lo llevaban por laberintos de concreto que se hacían más pesados con cada paso. Vivía en el lumpen, entre rejas de madera que servían como muros y escombros en forma de pared. Algunas partes del barrio, las más pudientes, tenían paredes de barro y concreto; otras, las de los recién llegados, eran casas improvisadas con paredes de cartón y lonas de vinilo con motivos electorales. —Los partidos políticos contribuyen al forjamiento y la cimentación del país —pensó.

Su vecindad era un conglomerado de cuartos que formaban una L; todos compartían una regadera y un escusado. Había un patio de donde se combinaban olores que provenían de cada uno de los hogares apilados. Su vecina, la que le rentó el cuarto, era joven, pero aparentaba más años por su aspecto descuidado. Tenía los labios llagados y los brazos perforados por jeringas. Lucía paño en la cara y poco cabello. Uno puede andar por la vida con el motor acelerado todo el tiempo, pero la carrocería va a mostrar los daños, y el motor va perdiendo su fuerza, —Javier caviló. La mujer tenía un brillo pícaro en los ojos.

— Moreno, ¿tienes trabajo?

—No.

—¿De dónde eres? ¿De Oaxaca?

—No, de Veracruz.

—¿Y qué andas haciendo acá? ¿Hiciste algo, verdad? Le voy a decir a mi patrón si tiene algo para que te alivianes.

—Sí, muchas gracias.

—Ya vi que te dieron tu bienvenida. Se me hace que les caíste bien. A la pareja que desocupó tu cuarto le hicieron la vida de cuadritos, hasta que los corrieron. Uno de los malandros que se junta en la esquina, al *Chino,* violó a la muchacha mientras otros golpeaban a su marido, *El Panadero*. El día que desocuparon el cuarto, encontraron al *Chino* con un filerazo en la panza. Todos dicen que fue *El Panadero*, pero nadie sabe nada.

Con un chirrido las bisagras de la mosquitera de madera, anunciaron su llegada. Tendió la cobija en el suelo y se recostó sobre ella. Le dolía el pómulo derecho, lo sentía inflamado. La pared frente a él se teñía de un verde insidioso. Era un cuadro de la naturaleza matizando ese espacio; esos rastros de moho no eran simples marcas, sino huellas del tiempo, invadiendo cada rincón. Aquellos muros, impregnados de vida y decadencia, eran testigos de una historia íntima, donde cada pigmentación aceitunada era un eco de lo que se resiste a desaparecer. Recordó las paredes de la casa de su madre: siempre húmedas, siempre cálidas.

22

Columbus, New Mexico 22 de Octubre 2017

Esa mañana, todo le pareció más grande. Se sentía diminuta ante la majestuosidad interminable del llano. Antes de partir, la mirada serena de Johnny le inspiró confianza. Él le brindó un plato suculento de simpatía que hacía tiempo no degustaba. En los ojos de Johnny percibía una isla, y en ese momento, ella no contaba con una balsa. Reina sintió que la cortina de arena se hacía menos densa entre ellos. Quería saberlo todo sobre el verdadero Joel. Johnny sintió celos, pero tenía una deuda y quería enmendar su falta.

—Mira, ¡es él! Trabaja en un restaurante —le dijo, acercándole su celular con unas fotos de Javier.

—¡Estás loco! *This is not right! Why are we stalking him?*[75]

—¡No te hagas! Bien que estás babeando por él.

—¡Pues técnicamente tú me lo presentaste, *twice*[76] —dijo ella, con una mirada traviesa y una acusación juguetona.

—*Touché!*[77]

—Puedo darme unos días en el taller. *I could take my truck.* Yo te llevo. *Hey! Maybe I am the real Cupid.*

—*You are crazy!*[78] No, ¿y qué le voy a decir? ¡Estás loco!

---

75 ¡No está bien! ¿Por qué lo estamos acechando?

76 Dos veces.

77 ¡Buen punto!

78 Podría llevar mi camioneta. Yo te llevo. Oye, tal vez soy el verdadero Cupido. ¡Estás loco!

—Yo no soy la persona que se vino desde Baltimore al rescate de un desconocido.

—Ya te dije que me asusté y quería saber que estabas bien. Es más, ya me voy. *I don't think it is a good idea.*[79] Eso de andar conociendo gente *with a preset agenda*[80] no está bien.

—*Dude! It will be fine!*[81] Mira, para eso voy yo, para cuidarte.

—¡No! *Look! First, I have to go back to work! Second, I would not know what to say, and third and most importantly, I have never been in Mexico. Isn't it dangerous?*[82]

—*Really, you of anybody are asking me this? You come from Baltimore. Please! I watch the news. You are a grownup girl. You can handle a little Mexico in your life. Plus you are Mexican*[83].

—¡Ya lo sé! *I never said I wasn't*[84].

—¿Entonces? *Are we doing this?*[85]

La cornisa de la locura asomaba sus patitas en la cabeza de Reina. Ya no quería llorar contemplando las fotos de Joel. Un fragor naranja iluminó su vista. Sintió la necesidad de arrojarse al vacío. No se quedaría viendo al león desde lejos, enjaulado al otro lado del río. Cruzaría la frontera para aventurarse en el safari.

—*Yes! Let's do it!*[86] ¿Cómo dices que se llama? —preguntó ella, con esa naturalidad que lo desconcertaba, mientras sus codos se rozaban, casi por accidente. Johnny asintió, luchando por disimular el temblor en su sonrisa, esforzándose para que ella

79 No creo que sea buena idea
80 Con una agenda predefinida
81 ¡Amiga, todo va a estar bien!
82 Mira, primero, tengo que volver al trabajo. Segundo, no sabría qué decir. Y tercero, lo más importante, nunca he estado en México. ¿No es peligroso?
83 ¿En serio? ¿Tú, de todas las personas, me preguntas eso? ¡Vienes de Baltimore! ¡Por favor! Veo las noticias. Además, eres una mujer fuerte. Puedes con algo de México en tu vida. Y eres mexicana.
84 Nunca dije que no lo fuera.
85 ¿Vamos a hacer esto?
86 Sí! ¡Vamos a hacerlo!

no adivinara el deseo que se ocultaba en sus ojos. El motor rugió, y supo que lo más incierto del viaje no era la carretera, sino lo que ocurriría del otro lado.

—Se llama Javier —contestó Johnny.

23

La Noria, México 23 de Octubre 2017

Muchas gracias por convencerme de hacer este viaje. Espero que pueda conocerlo. Sé que quieres cuidarme, pero puedo sola. Vamos a compartir algunas horas durante el camino, deberíamos aprovecharlas para conocernos. ¿Qué te cuento, Joel? ¿O debería llamarte Johnny? Para mí eres Joel. Mira, una persona nunca es cien por ciento algo, nunca se es pura. Bueno, al menos yo no lo soy, y no me refiero a ser cien por ciento de alguna raza o cien por ciento devota o no. Eso de tener deseos por algo no debería definirnos, porque yo los tengo todo el tiempo. Dirás que estoy bien loca, pero a mí me criaron como niño. Eso de ser chica ya fue algo que comenzó desde la *highschool*[87] para acá, porque me rebelé. ¡Jajaja! No, no soy *Transformer*[88], soy niña, siempre he sido niña... y niño. ¿Cómo te explico? Siempre fui ambas cosas. Mi mamá quería tener un varoncito, alguien que la cuidara, un hombre que se hiciera cargo de ella. Y pues yo traté... ¡por Dios que lo intenté! Quise ser ese hombrecito que cuidara de su *mom*, pero no se me dio. No pude.

Desde chiquito me atrajeron mis amiguitos y siempre fui el más débil. Cuando jugábamos deportes, nunca fui de los

---

87 Preparatoria.

88 Termino popular para referirse a una persona transgénero incluso a quienes se han realizado una cirugía de cambio de sexo

primeros que escogían, y eso me enfadaba, porque me gustaba pasar el tiempo con los chicos. —

Nunca me desvestí delante de ellos; pienso que, aunque lo hubiera hecho, no lo habrían notado. Bueno, quizás en la preparatoria sí, cuando me empezaron a salir los senos. No eran muy grandes, pero se redondearon. Recuerdo que las caderas me crecieron, y de reojo veía a mis compañeros mirándome las nalgas. Les intrigaba que mi voz fuera diferente. Al que noté que indagaba más, fue al profesor de español, *Mr. Sánchez*[89]. Recuerdo que siempre fue muy cordial. Todas mis amigas y amigos le contaban sus problemas. Nunca fue uno de esos profesores asquerosos que se aprovechan o hacen las cosas a la fuerza. No era guapo, tenía unos kilos de más, como tú. No sé si era homosexual, pero sé que le atraía mi ambigüedad.

Era de esos profesores a los que considerabas tu aliado, los que peleaban contra el sistema a tu favor. Discutía con otros profesores por ser injustos con las calificaciones. Era de esos que, si te veía en la calle caminando porque te quedabas hasta tarde en *retention*[90] o haciendo algún trabajo o en algún club extracurricular, te daba un aventón a casa. Nunca se sobrepasó con ninguno de mis compañeros o compañeras. Creo que yo fui el primero... o la primera, como quieras decirlo. No lo llamaría sobrepasarse, más bien fue involucrarse, porque yo participé y no me arrepiento.

Ese día me quedé limpiando el salón del profesor de historia porque le grité enfrente de todos. No llevé la tarea y le dije que a nadie le interesaba la historia de los afroamericanos. El profesor Johnson se ofendió y me dijo que, entre minorías,

89 Mr. Sanchez

90 Detención.

deberíamos apoyarnos. Que no me iba a mandar a *alternative*[91], pero que tenía que ayudarle a limpiar su salón y aprender más sobre la historia de los afroamericanos en este país. También me dijo que debería aprender más sobre la historia Chicana. Que si no conocemos nuestra historia, no sabemos quiénes somos. Me pareció un disparate. Sigo pensando que somos todos unos jodidos tratando de sobrevivir. Eso es lo que somos.

Los pasillos de la escuela estaban vacíos, me recuerdo caminando con pasos acelerados, molesta por haber llegado tarde a la parada del autobús. Era uno de esos días raros, donde algo en el ambiente me invitaba a caminar. Me aventuré hacia mi casa. Recuerdo un auto, una sonrisa, recuerdo una mano invitándome a subir. Todavía me acuerdo del abrazo que le di al profesor Sánchez al llegar a casa. Me gustó sentir su barba picándome la mejilla. Suspiré. Me preguntó si tenía que estar en casa o si podía disfrutar la tarde con él. Le dije que nadie me esperaba. Me besó. Se agitó un poco. Puso mi mano en su pecho y sentí su corazón palpitando. Me desabrochó la camisa y se asombró al ver mis pechos y mis pezones erizados. Me dijo que quería llevarme a su casa, que estaríamos más cómodos que en su auto. Asentí. Nunca había estado con alguien más, era virgen.

No era un pedófilo. Yo ya tenía la mayoría de edad y quería descubrir mi cuerpo, también quería descubrir el suyo. Me quité la camisa y me besó los pechos. Sentí su pulso más precipitado, como el de una máquina, como si una fuerza contenida quisiera escaparse. No puse resistencia. Lo toqué sobre el pantalón, me quité el mío. Me observó sorprendido. Mi pene estaba erecto y el glande inflamado. Estaba asustada, no sabía cómo reaccionar. Lo primero que pensé fue que me golpearía, tras producirle

91 Salón para niños especiales o problemáticos.

confusión. No fue así. Me abrazó y me dijo que era hermoso. Me probó y no pude contenerme. Fui feliz, me sentía hombre, me sentía mujer. Gemí. Quería más. Quise ser agradecida. Él seguía con el pantalón puesto. Le tome los dedos, los lamí, le mostré mi vagina, que estaba donde deberían haber estado mis testículos. Sus pupilas se dilataron aún más y me hizo suya. Me hizo sentir humana. Dolió mucho mi inauguración. No fue una violación. Aunque yo fuera joven, quería explorar, quería sentirme explorada y quería explorarle a él. Nunca volvió a hablarme, nunca quiso saber de mí. No sé quién sea más ambiguo, si él o yo.

—¡Ay, güey! ¡Qué fuerte!

—¿Qué? *You can't handle the truth?*[92]

Por la ventana, el anuncio roído que apuntaba hacia el sureste se hacía más grande. Una flecha y un cartel que decía "La Noria 1000 metros". Reina recordó el nombre del pueblo donde nació su madre.

92 ¿No puedes con la verdad?

24

Baltimore, Maryland 22 de Septiembre 2017

Los payasos gordos la observaban desde el centro de la pared. Reina ensambló una caja para guardar las cosas de su madre. Al fin podía deshacerse de ese cuadro que tanto le desagradaba. Su deseo era donar todo el contenido de la parcela al *Goodwill*[93].

Sería ideal si las donaciones deducibles de impuestos, se calcularan desde lo sentimental y no por su valor real. Cuando pusieran los objetos a la venta, los tesoros de su madre terminarían con una etiqueta morada, valorados en un dólar. Reina pensó que, en un futuro, los zapatos y los libros que poseía tendrían un destino similar, y eso le molestaba. Sentía un odio especial por las chinerías de su madre, como llamaba a las muñequitas de porcelana. Eran unas figuras de damas con vestidos del siglo quince. Recordó que Olga la pellizcaba cuando, de infante, jugaba con las figurillas.

Se preguntó si alguien compraría las servilletas bordadas. Estaba segura de que un dólar no cubriría las horas que su madre había invertido bordando el estambre, pero ya no quería esos objetos en su departamento. Lo acomodó todo en la caja: la ropa que aún despedía el aroma de Olga, zapatos nuevos, vestidos y objetos que nunca había visto. Desocupó el clóset. Sobre el

93 Tienda mercancía usada o de segunda mano.

comedor colocó una caja que fue llenando con los escombros de toda una vida.

En el buró yacía un cuaderno, como un guiño que su madre había dejado. Era una compilación de recuerdos, una serie de pláticas inconclusas y, tal vez, consejos para la vida. Reina lo tomó, pensando que solo encontraría números. Olga llevaba las cuentas en cuadernos; todo lo tenía muy bien calculado. Así que Reina pensó que este era el último cuaderno de control. Lo abrió y en la primera hoja decía:

15 de Febrero 2016

> Mi nombre es Olga Elena Gutiérrez Ramírez, nací en un pueblo llamado *La Noria*. Mi padre se dedicaba al comercio y allí vivimos unos años. Regresamos con los abuelos. Allí crecí muy feliz. Siempre tuve que trabajar desde chiquita, ayudando a cuidar animales que usábamos en los días flacos, cuando mi papá no sacaba para el gasto. Su nombre era Don Guadalupe Concepción Gutiérrez Martínez, hijo de Damiana y Santiago Gutiérrez. Mi mamá se llamaba Doña Rufina de Gutiérrez. De todos los cuatro hermanos que éramos, soy la única sobreviviente, mis hermanos murieron cuando eran chicos de una enfermedad en la sangre. No lo recuerdo muy bien porque yo era muy niña, pero recuerdo que mamá lloró mucho. Mis padres pensaron que yo tampoco me iba a lograr.
>
> Tenía una gallinita a la que llamé *La Despeinada*. Era una gallina muy entendida, pero

sus plumas no la ayudaban mucho: estaba muy fea, tenía pelonas en algunas partes de su cuerpo y, en otras, las plumas alborotadas. Su aspecto la salvó por muchos años. Por lo fea, mi papá ni para el caldo la quiso usar. Todavía la recuerdo porque se salía del corral para seguirme y picoteaba a los perros para que no se me acercaran. Yo era flaquita y pienso que la gallinita sabía que me daban miedo los perros. Abría sus alas y hacía alboroto, manteniéndolos alejados de mí.

No fui a la universidad. Es más, recuerdo que mi papá decía que para qué iba a la secundaria, que solo iba para "*andar de volada*". Yo ni sabía de esas cosas, hasta ese entonces me gustaban las muñecas. Los muchachos ni me pasaban por la cabeza. Pero así era Don Lupe, siempre con malos pensamientos. A mí me gustaba ir al río a meter los pies. Tenía amigas a las que les gustaba cantar y hacer disparates. Jesusa era una de mis mejores amigas. Cuando salíamos de la escuela, nos íbamos a la boca del río a platicar. Ella me contaba todo lo que pasaba en su salón y en su casa. Tenía varios hermanitos y no le gustaba irse a casa después de la escuela porque la ponían a hacer los quehaceres y a atender a todos. Nos íbamos al río para matar un poquito de tiempo. A mí tampoco me gustaba irme a casa al salir de la escuela porque mi papá me gritaba y mi mamá me ponía a ayudarle a cocinar. Además, ya no podía salir, a menos que fuera acompañada, y eso no me gustaba, aunque no tuviera a dónde ir. Me sentía como cautiva. No andaba de volada con ningún chiquillo. Sí tuve un novio, pero fue mucho después. Batallé mucho para que mi papá no le pegara.

25

Ciudad Escarlata, México 23 de Octubre 2017

Al Llegar a Ciudad Escarlata, Reina y Johnny se encontraron frente a un monstruo gris, descansando bajo un tapiz de oscuridad. Era una ciudad llena de destrucción y mala fama. Caótica. Reina sintió cómo las manos le sudaban. La hostilidad se percibía en el ambiente; nadie se percató de su presencia.

26

Baltimore, Maryland 20 de Febrero 2016

Estar embarazada de ti me hizo sentirme como una puta. Yo tenía a mi novio Francisco. Estábamos juntando dinero para poner su tienda de abarrotes. Siempre fui muy buena para la cocina y éramos muy felices haciendo planes. Buscábamos hacer algo con nuestras vidas. Teníamos frente a nosotros un camino por recorrer, lleno de posibilidades. Francisco siempre sonreía; de su rostro brotaba felicidad. Era una persona muy bonita, en todos los aspectos. No te voy a mentir, nos deseábamos y siempre buscábamos la soledad para explorar cada vez más. Nunca nos acostamos. Quizás por eso quedó muy indignado cuando resulté embarazada. Él hubiera sido tu padre y todo sería tan distinto. Francisco te habría llevado por un mejor camino, porque siempre fue muy comprensivo y bueno.

Recuerdo que cuando Don Lupe lo increpó, le dio una paliza y lo dejó muy mal. Lo único que Francisco le dijo a mi padre fue que no se casaría conmigo. Don Julio, su papá, se puso furioso. Los padres de Francisco lo mandaron lejos, lo perdieron en las rancherías, y nunca más supe de él. Mi padre me culpó, me decía que no sabía escoger pareja, y siempre me hizo sentir menos, como una tonta. Le daba mucho coraje la posibilidad de tener un nieto bastardo.

Nunca fue así, tu padre no es Francisco, como te hice creer toda la vida. No se desentendió de ti porque no te quisiera, sino porque nunca estuvimos juntos de esa manera. Hija, no sé quién es tu padre. Sospecho, pero no lo sé. El hombre que se forzó en mí olía a una colonia muy peculiar: Agua Dorada. Era una mezcla de olores: alcohol, menta y flores. Si alguien huele a esa colonia, al instante lo reconocerías. Recuerdo que tus abuelos salieron del pueblo y me dejaron sola en casa. Le encargaron a tu tío Esteban que me vigilara. Esa noche hacía un calor horrible y me dormí solo con un fondo de manta muy fresco. Las ventanas estaban abiertas para que corriera el aire.

Yo dormía, y de repente sentí un bulto sobre mí. Me desperté asustada, pero no podía ver nada. Intenté gritar, levantarme y salir corriendo, pero me tapó la boca mientras me amarraba los brazos y las piernas a la cama.

Me violó, hija.

Olga sintió unas manos rasposas tocándole los senos. Era como un pulpo paseándose por su cuerpo. Se forzó dentro de ella, sin hacer sonidos ni hablar; sus dientes le lastimaron la piel y le mordieron el cuello. La baba inundó sus oídos. Sintió asco. Los alaridos frenéticos y un chorro venenoso colmaron su vientre. Olga perdió la noción del tiempo y la voz de tanto llorar. Se quedó dormida, y cuando despertó ya no estaba atada.

Vio la luz del sol y se alegró al creer que solo había sido una pesadilla, al ponerse de pie su cuerpo le dijo lo contrario. Le dolía la espalda, sentía ardor en la entrepierna. Le punzaba. Se revisó y vio que tenía las piernas arañadas, como si hubiese sido destazada con las garras de un gato. Lloró de impotencia. Escuchó la voz de su tío Esteban llamándola. Le preguntó por qué lloraba, que si estaba en sus días difíciles, y que se aguantara porque tenían encargos que hacer en la casa. Le dijo que ya era una mujercita y que tenía que comportarse como tal. Sentado como un señorón a la mesa esperó su almuerzo mientras trataba de ocultar una sonrisita burlona. Olga suspiró hondo y percibió el mismo aroma que inundó su cama, su vida, y su vientre: la misma loción de afeitar, *Agua Dorada.*

Después de servirle, Olga se sentó con él a tomar un café. Lo miró a los ojos, intentando cuestionarlo. Esteban le devolvió el gesto, desafiante pero apenado, como si se confesara. Después enfocó hacia otro punto. El olor a cigarro y a alcohol acompañó la almohada de Olga por meses, y durante años ese perfume la despertó en las noches, hiriendo su dignidad.

27

Baltimore, Maryland 23 de Febrero 2016

Tu tío Esteban siempre fue considerado un buen hombre. Lo apreciaba mucho, como lo hacía todo el pueblo. En ese entonces se comportaba como un angelito. Todos creían en él, como si fuera el hijo pródigo del lugar. Además de ser doctor, era el curandero oficial. Gente de los alrededores, incluso de otros aserraderos, venía para que les curara los abscesos. También eliminaba esos granitos que salen en el cuerpo. Esteban los curaba comprándoselos a la gente. Al llegar, platicaba con ellos y les pagaba un peso por cada granito. Les incrementaba el precio según fuera su tamaño. La gente lo seguía con tanta fe que, después de unas semanas, los granitos desaparecían poco a poco. Tenía un don. Lo querían mucho, sobre todo mi padre. Yo también lo quería mucho, y por eso siempre estuve en conflicto, dudando de mis propios sentidos. Me costó trabajo creer que él fuera quien abusó de mí aquel maldito día en que mis padres salieron del pueblo. Nunca vi su cara, solo reconocí su olor. Ese olor sigue ahí, persiguiéndome como un fantasma.

Tenía la buena voluntad del pueblo. A la gente necesitada no le cobraba las consultas. Durante las tormentas, ayudaba a cubrir con madera las ventanas. Llenaba y distribuía costales de arena para las familias. Era un ciudadano modelo. Tenía muchas admiradoras. No sé por qué me hizo lo que me hizo. Estaba enfermo. Todos tenemos un lado oscuro, y ese día su lado oscuro se apoderó de él. Entre los dos me poseyeron. Por eso estás aquí. Él es tu padre, nunca fue Francisco. A ese joven lo dejé con el corazón destrozado; se quedó con la peor imagen de mí.

Sabes, a tu tío lo quiero, es una buena persona, pero lo que nos hizo a ti y a mí no tiene perdón. Gracias a Dios tú saliste fuerte, aunque no quisiste quedarte como varoncito. Le agradezco a Dios que saliste buena persona. Siempre me discutes y me peleas todo, pero eso me deja tranquila. Me hace pensar que tienes agallas. Tus abuelos ya no están, y ahora te quedarás sola en el mundo. Está él, tu tío—padre. Ya es un viejo. Supe que nunca se casó. Quizás sigue aprovechándose de jovencitas, no lo sé. Él no es digno de tu amor ni de nuestro recuerdo.

¿Ahora entiendes por qué nunca quise regresar a ver a tus abuelos? Toda mi vida me sentí traicionada. Él se quedó como un héroe, todo un rey sentado en su trono, en su consultorio, mientras yo salí del pueblo por la puerta de atrás, a escondidas. Aunque no parezca, estoy muy contenta de que así fuera. Tú y yo empezamos

> de cero, y lo poquito que logramos fue gracias a
> nuestro esfuerzo, a nuestras ganas de superarnos,
> y aquí seguimos, aprendiendo. No sé lo que haría
> si lo tuviera frente a mí, y no lo quiero saber.

Reina sintió cómo se le retorcía el estómago. Le sudaron las manos. Aventó la mariposa que usaba como separador en el diario de su madre. Se convirtió en un ave que migraba al sur, buscando calor para su cuerpo y su alma. Se quitó unas lágrimas petrificadas y sonrió, mientras imaginaba a Esteban saludando a la muerte.

28

La Noria, México 23 de Octubre 2017

Traía el coraje de su madre nublándole la vista. Decidió volver a *La Noria* a buscar a su padre. Fue difícil aprovechar un descuido y tomar las llaves del vehículo. Esperó a que Johnny subiera a su habitación para marcharse. Aceleraba la velocidad de la camioneta, como si persiguiera a alguien. Nunca había sentido tantos deseos de hacerle daño a una persona. Estaba tan cerca. Su revólver le gritaba desde el compartimento secreto de su bolso. Llegó a un consultorio avejentado. Las calles descuidadas y cartelones añejos le señalaron su destino: *<<Dr. Gutiérrez le compramos sus granos>>*. Reina hizo una mueca burlona. Solo había visto anuncios así de bizarros en los memes.

No hizo ruido al entrar. El consultorio estaba inundado de trofeos de béisbol y fotografías rebosantes de sonrisas. Diferentes épocas marcadas por la amistad, girando en torno a una bola de cuero y un bate. Con un dedo, Reina le quitó el polvo al trofeo que desde el suelo le llegaba hasta el hombro. Un hombre canoso, de bigote tupido, se recargó en el marco de la puerta del pasillo.

—Ya veo que se interesa por mis viejas glorias. ¿Le gusta el béisbol, señorita?

—Buenos días, ¿es usted el Doctor Gutiérrez?

—Sí, a sus órdenes.

—Sí, lo he visto antes. Me ha tocado ver a los *Orioles* en vivo.

—Mire, yo así de viejo, nunca he estado en un juego de

las grandes ligas. ¡Qué afortunada es!

—Sabe, leí un artículo en un blog de viajeros, *viajerosporelmundo.com*, sobre su método para deshacerse de tumores y granitos. Me intrigó mucho.

—Mire, uno ni sabe que es famoso.

—Tengo unos granitos en las plantas de los pies y me gustaría que me ayudara.

—No, señorita, ya no hago eso.

—¿Y el anuncio ahí afuera?

—Mire, eso es solo para personas que tienen fe. Usted se ve que no es de aquí, nunca la he visto en *La Noria*. Seguramente solo viene a burlarse.

—¡Por favor! —le tomó la mano izquierda y se la acaricio suavemente. Quería verse amable y convencerlo.

—A ver, siéntese ahí, quítese los zapatos y los calcetines.

Hasta ese momento, Reina no había percibido el aroma que buscaba. El Dr. Gutiérrez colocó una tina con agua junto a los pies de Reina. Acomodó un banquito, se le acercó por la espalda y le masajeó los hombros.

—Relájese, está muy tensa. Acuérdese que esto es de ciencia y de fe.

Reina percibió el olor a flores y menta, el mismo que su madre relacionaba con su tío. En ese momento, rememoró todas las peripecias que había vivido junto a su madre: todas las lágrimas, los fríos, las burlas. Su pecho se aceleró, estaba agitada. El Dr. Gutiérrez se percató y le sujetó los pies.

—Huele rico. ¿Es Agua Dorada?

—Sí, ya no la hacen, pero tengo mi dotación de aquí a que me muera —dijo mientras le pasaba una moneda de plata por la planta y el talón—. Con esta moneda te voy a pagar, ese grano me lo vas a entregar. Así siguió con el pie derecho.

Cuando terminó con su ritual, le besó el dedo más pequeño. Lo acomodó de tal manera que la planta del pie rosaba su entrepierna. Seguía acariciando el muslo de Reina. Ella reaccionó y con una patada, lo sacó de balance y el doctor cayó al suelo quejándose.

—¿Qué le pasa, señorita?

—¿Cómo qué me pasa? Se estaba sobando el pito con mi pie, viejo marrano.

—¡No! ¡Está equivocada! ¡Ay, mi espalda!

—¡No le hice nada, no se haga! ¿A poco esto es lo que le hace a todas las muchachas? Viejo abusón.

—¡Me duele la espalda!

—Esto le va a doler más, cabrón —Reina sacó su revólver y le apuntó—. Míreme bien, hace muchos años usted violó a una muchacha como yo. Se metió a su cuarto y la tomó a la fuerza. Esa jovencita se fue.

—Me está confundiendo, señorita. No me haga nada, por favor.

—Usted sabe que sí. Vamos a hacer las cosas más fáciles: lo acepta y yo le doy una muerte exprés, sin dolor. ¿Qué le parece?

—No sé de qué habla.

—Fue en 1988. Olga Gutiérrez vivía con Don Lupe y Doña Hortensia. Ellos salieron del pueblo y usted se quedó para cuidarla. Dejó al lobo encargado del rebaño. Usted la amarró y le cubrió los ojos. ¿Ya se está acordando?

—Pero si ella es mi sobrina, ¿cómo le iba a hacer algo?

—Eso mismo se preguntó ella toda su vida, y eso mismo me pregunto yo. Como sigue haciéndose el tonto, no me queda otra que asumir los hechos. Ya vi que es un viejo cochino. ¡Usted confirmó mis sospechas! Voy a hacer justicia por mi madre y, seguramente, por otras muchachitas.

—Ya le dije que no fui yo, señorita. Ella tenía su novio, salió panzona de él.

—Mi mamá murió de cáncer hace un mes, y usted nos hizo mucho daño. Mi madre murió con dolor en el estómago, justo aquí. —Reina acercó el cañón del revólver a la barriga del doctor, desactivó el seguro y apretó el gatillo.

Tomó sus cosas y salió corriendo. La camioneta de Johnny se convirtió en su vía de escape, como si fuera una corsaria huyendo tras su venganza.

29

Ciudad Escarlata, México 23 de Octubre 2017

Encontró la carretera con facilidad. En dos horas se perdería en el anonimato de la ciudad y estaría a salvo. Le agobiaba la posibilidad de quedar atrapada, pero sonrió porque no tenía nada que perder. No sentía remordimientos, y con cada minuto que pasaba, la tranquilidad la envolvía. La placa de la camioneta descansaba en el asiento del copiloto, un intento desaliñado de no dejar pistas. Ansiaba encontrarse con el muñeco de las fotos. Javier la esperaba en Ciudad Escarlata.

Nunca le gustó viajar por carretera. Recordó cuando su madre vivía y salían de la ciudad para pasar un rato ameno. Al llegar a las zonas rurales, se aseguraba de que no hubiera señales que indicaran hostilidad. La más común era la bandera del sur, con dos líneas diagonales azules sosteniendo estrellas blancas, ondeando orgullosas como amuletos que repelían vampiros.

Para muchos, esa bandera representaba la identidad del sur de los Estados Unidos. Para Reina, era el indicador ámbar, que la ponía en estado de alerta. Aquel día supo contenerse. Necesitaban gasolina. El expendio le pareció hostil, lleno de motivos confederados decorando el lugar. Saludó a la dependienta, pero no recibió respuesta. Pagó la gasolina y pidió unos dulces.

—*Can I have those, please? No, the green ones. Yes! Those, please*[94].

94 ¿Puedo llevar esas, por favor? No, las verdes. ¡Sí, esas, por favor!

—*Is that an accent I'm hearing?*[95]

Reina no respondió, simplemente tomó sus cosas. Salió de la tienda enfurecida. Una mujer con la dentadura incompleta había tocado fibras sensibles en su ser. Golpeó el volante.

—¡Por supuesto que es un acento! ¡Yo hablo como quiero! ¿Ella decide quién habla bien? ¿Cuál es el acento correcto? Fuck that! ¡Chingado! ¡Mugre vieja!

—¿Qué pasó, Ray?

—¡Nada, *mom!* ¡No me haga caso! Una vieja estaba de mensa. ¡Vámonos!

—No le hagas caso. Mira, déjame poner musiquita.

— Olga buscaba la música y el bullicio para animar su vida. Cuando llegaban a otra ciudad, siempre encontraba una estación de radio con música latina.

—Mira, hasta salsa tienen aquí. Quién los viera. – Movió los hombros hacia los lados y le puso un dulce de limón en la boca.

Una hora después de salir de *La Noria*, una patrulla se aproximó a su camioneta a una velocidad pronunciada. Reina se puso nerviosa, las piernas le temblaban. Pensó en el doctor, y que quizás un cliente lo había encontrado y comenzó su persecución. La patrulla encendió sus torretas y la adelantó. Exhaló aliviada. Las manos le sudaban. Llegó al lobby del hotel. Johnny la esperaba en una mesa del bar. Ella se acercó, aún inquieta.

—*Where were you?*[96]

—*Calm down, here are your keys! Your truck is fine!*[97]

—¿La troca qué? Me preocupé por ti. Te fui a buscar al restaurante. Pensé que estabas con él. *You know, with Javier*[98].

95 ¿Es un acento lo que oigo?
96 ¿Dónde estabas?
97 Tranquilo, ¡aquí están tus llaves! ¡Tu camioneta está bien!
98 Ya sabes, con Javier.

—I know how to take care of myself! I really need a drink[99].

—The thing is that Javier was there working![100] ¿Y tú?

—¡Estaba ansiosa! Todavía lo estoy. Quería estar sola y manejé un rato. *I'm sorry!*[101]

99 ¡Sé cuidarme sola! Necesito un trago.

100 La cosa es que Javier estaba allí trabajando.

101 ¡Lo siento!

30

Ciudad Escarlata, México 17 de Abril 2014

Frecuentaba *La Crisis*, una cantina donde terminaban los barrancos y comenzaba el centro de la ciudad, sobre la avenida 16 de Septiembre. Era refugio de trabajadores de la maquiladora y de los "sombrerudos", como les decía Javier. En las noches de karaoke, *Lamento Borincano* contrastaba con el acordeón de la música norteña que prevalecía en el lugar. Los comensales le apodaron *El Cubano* desde la primera vez que cantó su canción favorita. Las lágrimas se le escaparon mientras recordaba sus problemas y su pasado. —¡No es nada, chico! Es que extraño mi tierra, decía.

Javier era un joven apuesto, de tez morena y rasgos bien definidos. Una barba tupida escondía la cicatriz en su mentón. No le costaba ganarse la vida como gigoló. A su clientela la conocía en el restaurante del Hotel San Antonio. Tenía un encanto único que irradiaba con su buen humor. Sus ojos eran como charcos de oro líquido, y su voz, densa como la miel. *El Cubano* se valía de su magia para ganarse un dinero extra: sanaba a los enfermos y ayudaba al necesitado, una suerte de *Robín Hood* Santero.

Desde su infancia en Veracruz, Javier vivió fascinado por lo sobrenatural. Las enseñanzas de su abuela venían permeadas de buenos modales y ocultismo. Ciudad Escarlata se convirtió en su destino a los 18 años. Dejó su ciudad natal de Veracruz y se mudó a la frontera norte de México. El lumpen de esa ciudad acogía la oscuridad que él tanto buscaba. Asistía a rituales ocultistas. Se convirtió en un practicante hábil del espiritismo.

Para realizar sus rituales, utilizaba el atuendo tradicional *Yoruba*. Las ropas blancas flotaban a su alrededor como un río, y portaba una corona de plumas en la cabeza. Su Orisha era Oshún, la deidad *Yoruba* del amor y la belleza, a quien invocaba con frecuencia cuando necesitaba orientación. Su abuela le enseñó las formas de la santería y la brujería. Recordaba haberla observado desde un rincón, cantando en yoruba antiguo y empuñando un cuchillo ceremonial adornado con conchas de caracol.

Orgulloso de su apariencia, vestía trajes elegantes y mocasines italianos negros de charol. Ahorró durante semanas para conseguirlos y, al usarlos, su pecho se hinchaba de orgullo. Mantenía un departamento modesto, pero impecablemente limpio. A menudo sentía un vacío dentro de sí. Su vida monótona lo dejaba insatisfecho y anhelaba algo más.

Al cerrar la puerta de hierro, sintió como si un par de ojos lo observaran, como si un depredador acechara en la jungla de su barrio. Se dio la vuelta para enfrentarse a su acosador y se encontró con los maleantes del barrio, quienes sabía eran halcones del cártel.

—¡Oye, tú! Sí, te estoy hablando, putito —dijo el líder, un hombre fornido con una cicatriz que le cruzaba el párpado izquierdo—. Te hemos estado vigilando, y nos gustas pa'l negocio. ¿Quieres ganar feria y hacer nuevos compas?

El corazón de Javier se hundió al darse cuenta de lo que querían.

—No estoy interesado, no quiero problemas, chico —dijo, manteniendo la voz firme—. No quiero tener nada que ver con ustedes, carajo.

El líder lo miró con desprecio, frunciendo el ceño. —No tienes para dónde hacerte, prietito. O jalas para nosotros o te hacemos jalar. ¿Cómo la ves?

Javier tragó saliva con dificultad, mientras su mente

corría acelerada. Sabía que no era rival para esos matones, pero también sabía que no quería trabajar para ellos.

—Lo siento, chico, no es nada personal —dijo, con la voz temblorosa—. No puedo hacerlo. Por favor, déjame en paz.

El hombre rio con ironía, mientras sus ojos brillaban con malicia.

—No me digas eso, mi rey. Pero es tu funeral. Recuerda, puedes huir, pero no puedes esconderte. Tenemos muchos ojos.

A medida que las sombras de aquellos hombres se diluían en la penumbra, el corazón de Javier latía con el pulso errático de quien sabe que su destino ha sido sellado. No era solo el retumbar sordo en su pecho, sino el peso invisible de una red que, sin ser vista, ya lo tenía atrapado. Se quedaron con su destino y con su dedo meñique de la mano izquierda. *El Ochos*, como un dios oscuro, lo reclamaba desde las entrañas, y Javier entendió, que su futuro ya no le pertenecía. Su pasado no había dejado de perseguirlo.

31

Ciudad Escarlata, México 24 de Octubre 2017

A lo lejos Johnny le hizo una señal de despedida. La dejó en manos de un avatar. De repente, en ese mundo, las fotografías cobraron vida. Reina estaba ansiosa, pero sintió un hueco en el estómago: era miedo, le venía al sentirse desprotegida.

Así sintió el primer día que su madre la dejó en la escuela. Recordó el deseo de llorar y cómo la normalidad con la que se comportaban los otros niños hizo que se aguantara las lágrimas. Desde ese día no le gustaron las mañanas, porque todo lo nuevo, los deberes, siempre llegaban muy temprano, tras una noche de incertidumbre, llena de divagaciones sobre lo que pasaría al día siguiente. En la mañana, el olor a desayuno era la señal de que el momento decisivo había llegado, ese por el que había esperado toda la noche, logrando apenas conciliar el sueño por algunas horas. Era muy temprano. El verdadero *Joel* caminaba frente a ella, era su mesero Javier. Quien le entregó en un plato esos aromas de duda: unos huevos y pan tostado. Su sonrisa se anteponía a la expresión resignada de Johnny. A Reina le sudaron las manos; las frotó rápido y asintió. Sabía que sus dientes blancos, recientemente enderezados, llamaban la atención. Tenía una ventaja estética que no dudó en utilizar. Le sonrió a Javier.

—¿Alguna otra cosita? ¿Su novio no la va a acompañar?

—No es mi novio, ¡él es mi amigo y ya se va! Tiene cosas que hacer —respondió Reina, amistosa, alzando los hombros y con una mueca de inocente cuestionamiento, mirando hacia el techo.

Javier cambió de actitud. Su amabilidad se hizo más íntima. Al pasar por la mesa, le tocó sutilmente el hombro. Reina notó su andar apresurado mientras atendía a los clientes del lugar. Lejos quedó esa arcada burguesa que le gustaba en los hombres. Javier estaba en horas laborales, no podía ser juzgado mientras trabajaba en el restaurante, y además, su mentón perfectamente adherido al rostro y las venas pronunciadas en sus manos revelaban un cuerpo atlético. Sus atributos físicos eclipsaron cualquier rasgo negativo. Reina terminó su almuerzo y rozó la mano de Javier al entregarle el dinero de la cuenta.

—¿Qué tiene planeado para hoy, señorita?

—¡No lo sé! Caminar, conocer la ciudad, el centro.

—¡Sí! Hay partes bonitas. Yo le mostraría, pero hay un problema: salgo hasta las cuatro.

—*Don't worry, it's ok!*[102] , yo salgo a pasear sola. Muchas gracias —dijo con seriedad, mirando hacia otro lado—. Estoy jugando —soltó una risilla—. Sí voy a salir, pero mientras trabajas, piensa en algún lugar para llevarme.

La plaza descansaba paciente. Observó a la gente apurada. Tenían cosas por hacer. Reina se sintió fuera de lugar, contemplando una fotografía, su vida se había quedado en Baltimore, en *stand by*[103] Era curioso cómo podía darse el lujo de no tener nada que hacer, mientras observaba la preocupación en los demás, corriendo hacia sus destinos. Reina se convirtió en un ornamento más de la calle. Jugaba a adivinar el contenido de las bolsas de los transeúntes. Unos eran aburridos, llevaban llaves, chicles y plumas. Los otros, los más tranquilos, llevaban cabezas de pájaros, dientes humanos, robots en miniatura,

102 No te preocupes, está bien.
103 En espera.

agujeros negros. La viejita, la más lenta, la que alimentaba a las palomas, cargaba algo único en su bolsa de plástico: todas las mentiras del mundo.

Así pasó el día, divagando. Sintió una mano acariciarle el hombro. Volteó, sorprendida. El amor virtual se materializó frente a sus ojos. Sonrió. Tomó la mano de Javier y le entregó todas sus ganas contenidas en un abrazo. Una parvada de besos revoloteó entre sus rostros.

32

Baltimore, Maryland 13 de Marzo 2016

Siempre pensaste que me avergonzaba de tu condición y que huimos del barrio por lo que dirían. Pero no es así, Reina. Yo siempre te quise. Todos nacemos imperfectos, pero para mí, tú eres perfecta, incluso con tus episodios de estrés. ¿Recuerdas al muchacho de Michoacán con el que intenté salir cuando eras jovencita? De repente, lo dejamos de ver. No se fue a Filadelfia, sigue aquí en la ciudad, formó una familia. Después de eso, ya no intenté conocer a nadie más, y siempre me lo cuestionaste. ¿Sabes por qué? Porque tú lo corriste a gritos.

Te dio uno de esos ataques de pánico y sacaste un cuchillo de la cocina. Él trató de calmarte, pero le hiciste una herida muy profunda en la mano. Le tuvieron que hacer puntadas, y dejó de trabajar por un tiempo. Yo intenté acercarme a él, pero fue inútil. Después de gritar tan fuerte, te desmayaste. Al día siguiente no recordabas nada. Incluso me preguntaste por él y por tu madrina, querías ir a visitarlo. Recuerdo que no te querías ir del barrio.

Yo fingí que me avergonzaba de tu nueva identidad, pero fue por ti. Necesitabas un cambio, hijita.

33

Ciudad Escarlata, México 24 de Octubre 2017

No creía que Javier estuviera en su habitación. Le agradó su olor. Era a una fragancia que evocaba cítricos y el mar. La tomó en sus brazos. Le gustó como la movía sin esfuerzo, como si ella fuera un objeto inerte, cambiándola de posición para que ambos estuvieran más cómodos. La forma de su cuerpo atlético la humedecía. Le mordió los labios y poco a poco, le bajó las pantaletas. Reina quedó al descubierto. Estaba erecta. Javier continuó acariciando sus piernas, pero de inmediato regresó la mirada al glande. Lo observó detenidamente, como si intentara encontrarle sentido. Lo tocó. Ella intentó explicarle, pero él no la dejó y siguió explorándola.

—No te preocupes, yo he vivido mucho.

Ella sonrió. A Reina le gustó la barba raspándole entrepierna. La coreografía que creaban con sus cuerpos parecía ensayada durante años, perfecta. Nunca se había sentido así, tan satisfecha. Sabía de la existencia de más de un paraíso. Reina estaba en uno de ellos. Lo tenía encima de ella. Se miraban a los ojos. No lo podía creer. Todo se había dado con tanta facilidad. Estaba con el hombre del perfil de internet, el hombre de las fotos. Había cruzado un límite y eso la excitaba. Sentía como si le estuviera arrebatando un juguete a alguien más.

—Debería cobrarte, pero me gustas mucho, chica. La casa invita.

—¿Por qué me hablas así? Ya me dijiste que no eres cubano.

—Sigo en trance, dentro del personaje. Ya sabes, como si estuviera trabajando.

—¿Qué te pasó en el dedo?

—Me lo corté de un machetazo cuando estaba chico —dijo, frunciendo la ceja.

—¿Y si te vas conmigo? Ya no tienes que seguir haciendo esto.

—¡No! ¿Estás loca? Mi esposa está en la isla.

—¿Qué isla? A mí se me hace que ni esposa tienes.

—¡Me tengo que ir!

—¡No te enojes, quédate esta noche!

—Me tengo que ir, en serio.

—*Ok, I guess!*[104]

—¿Disculpa?

—¡Qué está bien! ¡Ven!

Reina acercó su bolsa. Apretó el mango de la pistola. Se sintió defraudada, como cuando ordenas algo por catálogo y pagas de más por un objeto barato; cuando llega a tu puerta, no es de la calidad que esperabas. Se acordó de todas las millas recorridas y de cómo aún seguía persiguiendo un espejismo. Le quitó el seguro al gatillo y sacó la pistola. Javier la vio asustado y levantó las manos.

—Chica, no lo hagas, por favor. Disculpa si te ofendí. Este es mi trabajo. Yo atiendo a las señoras que me visitan en el restaurante.

—¿Me estás llamando señora?

—¡No! ¡Ya no sé lo que estoy diciendo! ¡No me mates!

—*I am not going to kill you!*[105] —Le dio trescientos dólares—. Toma: *get yourself something nice!. Now leave!*[106]

---

104 Esta bien. ¡Supongo!

105 ¡No te voy a matar!

106 Cómprate algo lindo. ¡Ahora vete!

34

Ciudad Escarlata, México 24 de Octubre 2017

Desde su juventud, Johnny llevaba un corazón curtido en el vinagre del desamor. La sonrisa de Reina se le venía a la mente; era la sombra fétida de un platillo que no estaba destinado para él. Le molestaba la risa de Javier, resonaba como la de esos hombres que usan a las mujeres, que las tratan como accesorios, como si fueran un sombrero o un saco. Aquel día, el desierto lucía diferente, detenido en el tiempo. Una premonición le llegó a los oídos como un chiflido, quizás debido a la insolencia de Javier y lo irónico del destino.

Así pasó el tiempo conduciendo su camioneta, perdido en pensamientos de furia y celos. Se imaginó a esa mujer en los brazos de su avatar. El instinto protector surgió, inflamando su rabia. La idea de que Javier pudiera rechazar a Reina por su ambigüedad lo llenaba de ira incandescente. Atravesó el cordón de la carretera violentamente, castigando al asfalto con un sonido estridente. La hemorragia de colores del atardecer fue eclipsada por las sirenas y los destellos de las patrullas que lo perseguían.

Las palabras —¡Queda usted detenido! ¡Es sospechoso del atentado contra el señor Esteban Gutiérrez!— le golpearon el rostro, como un puñetazo de arena rasgando su piel.

—¡No, señor oficial! ¡Yo no fui! ¡Solo olvidé algo! ¡Pero ya me voy, voy rumbo a Columbus, *New Mexico! You know?*[107]

---

107 Nuevo Mexico. ¿Usted sabe?

—¡Así son ustedes, los pochillos! ¡Pinches cholillos mochos que solo vienen a hacer desmadre a mi país!

—¡Ya mejor ni digas nada, chavo! Como dicen en las pelis: ¡Todo lo que digas y lo que no digas va a ser usado en tu contra!

Fue un instante que le recordó su estadía en la cárcel juvenil, *"la juvie"*. Pero ahora no había una abuela esperándolo decepcionada en casa. Las palabras del juez se le quedaron grabadas: víctima moribunda, testigo ocular, su camioneta en la escena del crimen. El susurro de una trampa invadió su mente. Empezó a dudar de su amiga. Reina siempre había estado en control. De ser un pescador de "*Catfish*"[108] se convirtió en chivo expiatorio. Unas gotas de sudor le invadieron los ojos, y el ácido de la realidad lo despertó de un letargo atroz. Giró bruscamente el cuello y se tronó los dedos. Sabía que lo más importante para sobrevivir en la cárcel era no mirar directamente a los ojos y tener dinero. A Johnny le faltaba lo segundo.

Ahí, en su celda, se imaginó las manos de Javier recorriendo las piernas largas de Reina. Apretó la quijada y golpeó la pared. La vida era un juego de espejos, y él estaba del otro lado sin poder salir. Algo le oprimía el pecho mientras recordaba la carta que Reina le escribió:

Baltimore, Maryland 23 de Septiembre 2017

From: Fancyanime@comics.org
To: Joelito13elfeliz@extra.com
Dear Joel,

Una víbora se pasea dentro de mi cuerpo, mordiéndome el hígado. Se arrastra hasta mi cerebro, llenándolo de ponzoña. Me imagino

108 Suplantar personas.

las mieles de tu ser siendo disfrutadas por otras lenguas, y yo aquí, atormentándome por estar tan lejos, por no cumplir con tus expectativas. No me gusta lo que siento, es un revoltijo de emociones. Mi corazón está lleno de tristeza y coraje. Cuando las palabras ya no son suficientes para comunicarse, los ojos, los sonidos, los suspiros, las manos nos dicen del desamor que siente la otra persona. Pero me privaste de eso, no me dices nada, solo desapareciste.

Quizás una despedida, una justificación, una mentira o una verdad de tu parte sería menos dolorosa que esto. Mi mente me hace más daño que tu desprecio. Por favor, dime que esto se acabó, que ya no quieres estar a mi lado, que te cansaste de mí, que encontraste a alguna mujer, una mujer completa con la que serás feliz. Te mentiría si te dijera que quiero lo mejor para ti, porque en estos momentos no lo hago. Quiero que regreses y me pidas perdón, que me digas que todo fue un malentendido. Que aprendiste tu lección y que te perdone. Pero sé que no lo harás, Joel.

Marco tu número y parece estar desconectado, suena ocupado. No me contestas los correos. Eres un idiota. Un imbécil. Un egoísta. *I am such as dumbass!*[109] por estar aquí pensando en ti, en lo feliz que eres con otra mujer. En las bromas que quizás le estés contando, en los susurros al oído, esos secretos que solo tú y ella saben. Esos rituales que se construyen con los

---

109 ¡Soy una pendeja!

años, con las confidencias. Eso es lo que quería para nosotros, Joel. ¿Por qué no pudiste dármelo?

Quiero que me veas con tus ojos de gato, que me exijas comida, que me toques la panza, que me hagas cosquillas con tus bigotes. Quiero alimentar a tus San Bernardos y consolarte cuando mueran. Quiero salir a pasear contigo, tener accidentes y preocuparme por ti. Quiero ponerte como beneficiario en mi seguro de vida. Quiero pintar nuestra casa del color que yo elija y pelear hasta la muerte por ese color. Quiero que exijas cambios en mi vida y no hacerlos.

No te pedía mucho, solo quería tu amor, quisiera ser parte de tu vida. Yo no tengo vida sin ti.

With love[110],
Reina

110 Con amor.

35

Baltimore, Maryland 26 de Septiembre 2017

La pesadilla era recurrente. Sentía que una rata se paseaba por su cama. El animal se perdía poco a poco entre las sábanas. El sonido de los dientes crujiendo se acercaba lentamente, y luego una nariz fría rozaba sus piernas. Después, un alacrán con alas de mariposa la defendía del ataque de la rata.

Reina tenía fobia a los globos. No soportaba acercarse a los arreglos: el mínimo estirón la ponía en alerta, siempre al borde del estallido. Quería cambiar. Su psicóloga le enseñó a controlar sus niveles de ansiedad.

—¿Qué es lo peor que te han hecho en la vida? ¿Y lo peor que tú has hecho? No soy un cura para que te confieses, pero sí me gustaría conocer tu historia.

—Soy intensa. No sé si es por ser Escorpio, pero soy muy apasionada. Me emociono mucho con lo que hago. Por ejemplo, si empiezo a ver una serie, me envicio y no puedo dejar de verla. Cuando tengo a alguien en mi vida, pienso en esa persona todo el tiempo. Sé que mi intensidad hace que mis *babes*[111] se pongan nerviosos y terminen alejándose. Nadie ama como yo, nadie quiere como yo.

—Entonces, ¿tienes problemas con tu pareja?

—No, no tengo pareja.

111 Parejas, nenes

—Ya veo. ¿Qué es lo peor que has hecho?

—Me vengué de mi profesor... quizá porque dejó de hablarme después de acostarnos. Lo peor fue eso: que me ignoró.

—¿Cómo te vengaste? ¿Qué hiciste?

—Recuerdo que conseguí unas semillas de marihuana y las enterré en la misma maceta que su planta favorita. Él la ponía cerca de la ventana para que recibiera sol. Poco a poco, una matita de marihuana empezó a crecer. Yo dejé de acercarme, pero a lo lejos mi venganza germinaba. Un día, durante una inspección rutinaria de la policía, un oficial se detuvo a observar las plantas del profesor. Señaló la maceta a su compañero y le preguntaron si era suya. Asintió sin darse cuenta de que una planta de cannabis estaba creciendo allí. Se llevaron la maceta y el distrito escolar suspendió al profesor mientras lo investigaban. Como había tantos estudiantes nunca se pudo comprobar quién había sido. Nunca volví a saber de él. Un par de veces pasé por su casa en coche, pero no me atreví a detenerme.

—¿Y qué sientes? ¿Te arrepientes?

—No. Pero creo que le cambié la vida.

36

Ciudad Escarlata, México 25 de Octubre 2017

A mi epitafio le inscribirán las palabras que marcaron la naturaleza de mi vida. Las líneas dirán algo así como: Esta mujer, o quizás este hombre, no tuvo gracia ni para morir. Su cabeza descansaba sobre el respaldo del sillón. Por la ventana del autobús se veían las flores con sus ojillos observando al cielo y varios nopales postrados a la orilla del mar de arena. Las montañas, intactas por el viento, permanecían como sus recuerdos. Este ya no era un viaje para descubrirse, pues sabía quién era. Tampoco era un viaje de aventura porque esa ya la había tenido. Él se quedó allá, y ella regresaba sola. No lloraba, pero quería lamerse los brazos para quitarse su olor. Se frotaba la cara, mientras los esbozos de su aroma la hacían suspirar. Su vida era como una pintura llena de rostros de gente confundida, observándose unos a otros sin saber lo que pasa, tristes por su condición contemplativa. Así estaba ella, triste por su condición ambigua.

Ayer él la despidió con un abrazo fuerte. Del restaurante, Reina recordaba la imagen de los barcos de barro navegando sobre las mesas, condenados a quedarse ahí como frágiles ornamentos, tal como él, que no se aventuró a altamar con ella.

—¿Cómo es que tú te vas? — lo miró impávida. Reina no dijo nada —. ¡Chica, pero si nos estamos conociendo! —Sabía que no se portó tan bien la noche anterior, pero aún quería que él la abrazara, que al menos le dijera que la buscaría, pues la esperanza habría sido una buena compañera de viaje—. ¿Tú crees que esto se hizo solo? ¡No, mi amor! Yo trabajé muy duro para estar aquí y hacerme de este trabajo. ¿Y quieres que me vaya contigo así nomás? Además, te dije que estoy casado. ¿Qué le voy a decir? Ella sigue esperando para venirse aquí conmigo. ¡Mujer, usted es un mango! ¡No me necesita! Además, no me venga a decir que en tan poco tiempo se enamoró de mí. Ayer me tiraste unos centavos y me amenazaste con tu pistola. Ay, no, así son todos los americanos, piensan que todo es muy fácil.

Ella lo abrazó.

—No te preocupes, solo quería empezar algo contigo. Me hizo mucha ilusión lo bien que la pasamos ayer. *It's Ok.*[112] —Él la abrazó fuerte y se limpió la cara—. Bueno, ya está, ¿a qué hora sale tu camión?

—¡En dos horas!

Tenía el estómago revuelto. Nunca había viajado tanto por carretera como en estos últimos días. Le habría gustado poder dormir, como esa señora cansada de ser feliz. La misma que reía mientras hablaba por teléfono antes del anochecer:

—A ver si mañana vamos con el juez para que nos divorcie, ya no voy a aguantar tus chingaderitas.

Reina la envidiaba. La simplicidad en la vida es un tesoro que siempre había querido encontrar. Esperaba con ansias que la vida llenara sus recuerdos de lugares comunes. Necesitaba recuerdos rosas; solo tenía los azules, los grises, los negros. Reina llevaba consigo su recuerdo azul: el de su despedida, el de cómo él la miró de reojo y desde lejos le lanzó un adiós con la mano, como se hace con los amigos que se ven todos los días. No estaba ofendida, pero algo le decía que debería estarlo.

---

112 Está bien

Quisiera sentirse ansiosa, haciendo llamadas, enviando correos con explicaciones de su paradero. Lo natural sería pensar en lo que iba a hacer al llegar, al arreglar su vida. Pero su mente solo estaba llena de imágenes de los últimos días. Ya cruzaría ese puente en su momento. Estaba contenta, aunque este viaje de regreso era algo parecido a un *Walk of Shame*[113] , pero en realidad fue un *Trip of Shame*[114]. Tenía un sabor amargo, pero disfrutaba de cada instante.

113 Caminata de la vergüenza.
114 Viaje de la vergüenza.

37

El Paso, Texas 25 de Octubre 2017

Al cruzar a los Estados Unidos se encontró con una niña y su madre. Sintió cómo las tres se volvían un despojo en la playa tras ser arrojadas por el abrazo del mar. El desierto las expulsó. La miraron intrigadas, como si Reina les resultara familiar. La niña tocó con el índice la cintura de Reina y le dijo:

—A mi papá lo deportaron cuando yo estaba chiquita, siempre hemos sido yo y mi mamá, hasta hace poco mi madre se juntó con un señor, pero todavía no ha podido arreglar papeles. Nosotras somos de Guatemala, señorita. ¿Tiene un dólar que me comparta?

—Mucho gusto, yo soy Reina. ¿Sabe de algún restaurante cerca? ¿Queda muy lejos el aeropuerto?

—Aquí a la vuelta hay uno barato y bien servido. Cuidado con la salsa, está picosa. Del aeropuerto no le sé dar razón. Yo soy Joaquina y ésta es mi hija, Beatriz. Nosotras vamos para Chicago, allá está mi mamá.

—No se preocupe, aquí le busco en el celular. *Thanks!*[115]

—Mucha suerte en su viaje, señorita. Es usted muy bonita.

—¡Usted también! ¡Vaya con Dios! — Le dio un billete de cinco dólares y sintió el impulso de repetir las palabras con las que su madre se despedía, allá en Baltimore.

Recordó cómo hasta hace poco su vida deambulaba fuera de la

115 ¡Gracias!

ciudad. Salió impulsada por el ligero helio del amor. Se sintió absurda, como si fuera un globo perdido que nunca llegó a la fiesta de cumpleaños. Reina estaba tranquila, pero no satisfecha. Hizo todo lo que estuvo en sus manos para salir adelante, para que todos sus proyectos funcionaran. Se sintió en un sueño. Como si fuera una nave a la deriva, la vida siguió su curso. Con el viento como guía, recorrió los campos, esquivó edificios y observó todo desde allá arriba: las imperfecciones de las casas, los techos demolidos, la basura en los patios, las calles mal trazadas. Todo lo percibía desalineado y ella imposibilitada de imponer un orden. El viento movía su destino.

—*Hello?*[116]

—Sí, aló. Soy Javier. ¿Ya abriste el paquete que dejé en tu mochila? ¿Dónde estás?

—¿Javier? Ah, ya. Disculpa, me salió un número desconocido. Estoy en El Paso, Texas. ¡No! ¿Cuál paquete?

—¡Bien! Te dejé un regalo, chica. Pero no es para ti. Tienes que llevárselo a un amigo que vive en *Philly*[117]. Es mi próximo socio.

—¿Y cómo por qué haría eso?

—¡Asere! ¿Tú quieres ver a tu amigo con el que llegaste al hotel? ¡No te preocupes! Ya pasaste la frontera, esto es más fácil.

—¿A Johnny? ¿Le hiciste algo?

—No, pero podría hacerle. Mándame un texto cuando entregues el paquete. Ciao. Buen viaje.

—*Hello?*[118]

Reina estaba dentro de una película de traficantes, de esas *Western* de bajo presupuesto. Un lugar común de la frontera. Nunca fue a Filadelfia; sus viajes siempre se dirigieron hacia el sur. De allá

116 ¿Hola?
117 Popular, abreviación de Filadelfia
118 ¿Hola?

solo conocía los sándwiches de queso y aquella chica en el museo *Walters*. La que contempló a su lado la estatua del hermafrodita romano de la colección. Una figura sin cabeza que era casi su reflejo. Tenía las manos mutiladas como si la hubieran castigado por algo. La túnica alzada invitaba a degustarse de lo dual. Se podía percibir su sexo: un falo pequeño y unos testículos. La extrañeza en los rostros que contemplaban la estatua venía tras distinguir unos senos. Su piel de mármol era fría, no tibia como la suya. A la escultura la castigaron; tenía dos extremidades mutiladas.

A Reina también le extirparon el corazón. Sintió un ardor en la boca del estómago. Ese avatar tan amado la seguía manipulando. Lo que siempre la motivó a despertar, a seguir adelante, era esa noción de que todo era temporal y que su vida podría cambiar. Su mamá le enseñó que los males solo duran un tiempo y desaparecen. Tomó el menú amarillento. Notó que todos los platillos eran mexicanos. Los olores la paseaban por los paraísos culinarios que le recordaban a Olga. Era miércoles. Si estuviera en Baltimore, se bañaría y le escribiría a Joel, como todos los miércoles anteriores. Su cara se alargó al concluir que ya no había más Joel, ni Johnny, ni Javier. Se limpió el sudor. Con el ánimo menguado, sintió las carcajadas del desierto quemándole el rostro.

38

Baltimore, Maryland 25 de Octubre 2017

Finalmente llegó a Baltimore. El eco púrpura en la mirada de Johnny le resonaba en las sienes. Todos los pasajeros ya habían salido del avión. Con pasos lentos, intentaba evitar su destino criminal. Reina se imaginaba a unos oficiales esperándola en la terminal, listos para colocarle las esposas y arrestarla por tráfico de algún estupefaciente contenido en el paquete de Javier. O quizás porque en la caja hubiera ántrax; Reina sería la *Uber* asesina, el vehículo alquilado para llevar la muerte a casa del amigo de Javier. La sonrisa fingida de la azafata indicaba una cordialidad cansada, la típica de quien ha llegado al final de un día laboral largo y solo busca mantener la civilidad.

Al pisar la plataforma, sintió su corazón retumbar como un tambor de guerra. Se decepcionó al ver los pasillos vacíos. Los trabajadores de limpieza delimitaban sus áreas de trabajo y restringían el paso. Reina solo deseaba encontrar su maleta y salir del aeropuerto. A esas horas de la noche, ella era la única persona que caminaba de prisa.

Encontró su maleta descansando al costado de la banderilla ocho. Sentía los ojos que aún deambulaban por el aeropuerto interrogándola. Salió apresurada y tomó el autobús hacia el estacionamiento. Olvidó la sección en donde dejó su automóvil. Recordó que tenía una foto en su celular que indicaba el lugar exacto. Los parquímetros requerían el número de placas, y ella nunca lo recordaba. Ahí, en una foto, estaba su auto, con los dígitos de su placa posando al lado de un 25—C rotulado en el pilar de concreto. Suspiró aliviada al colocar la maleta en la cajuela.

Mientras manejaba, se sintió fuera de lugar; ya no quería estar ahí. Baltimore le parecía hostil, como si la ciudad no se alegrara de su regreso. Las calles, tan similares entre sí, formaban una mancha gris, cubierta por la túnica de los árboles. Los edificios, reflejados unos en otros, parecían siameses gigantes cansados de devorar gente. Algunos lugares seguían destruidos, no resurgieron de las cenizas. Las ventanas estaban cubiertas con maderas para evitar más vandalismo. Recordó los ríos de gente en las calles durante las marchas civiles del 2015, y la vulnerabilidad que sintió ante la multitud. Se enojó por el asesinato del joven afroamericano a manos de la policía, pero también se sintió incómoda con los desmanes que no consideraba suyos. Si hubiera sido ella, si no hubiera regresado a casa, nadie la habría buscado. Nadie quemaría edificios ni robaría televisores para exigir justicia por Reina. Estaba sola en el mundo.

También se preguntó por el destino de sus pertenencias. Imaginó su maleta cambiando de dueño, sus zapatos siendo usados por otra chica de su edad. Se imaginó que su vecino, al no ver movimiento en su casa, reportaría vandalismo. La policía pensaría en un suicidio. Después vendría el banco, con la venta inmobiliaria, como aves de rapiña devorando los pequeños tesoros que dejó atrás. Sus fotografías, al igual que su existencia, terminarían en el cesto de basura.

Llegó a casa. Encontró una nota del banco en la puerta; olvidó pagar la mensualidad. Afortunadamente, al activar el interruptor, la luz se encendió. El lugar olía mal. La casa estaba sucia, con trastos llenos de comida en el fregadero. Las hormigas tomaron su cocina y la anexaron a sus dominios. Extrañó a su madre.

En su ausencia esa mujer de voz de cedro ya habría puesto orden.

No deseaba regresar al trabajo. Decidió provocar su despido para obtener el seguro de desempleo. Quería ganar tiempo para darle rumbo a su vida. Sabía que a las compañías no les gusta pagar esos seguros laborales, pero habría un litigio y llegarían a algún tipo de acuerdo. No tenía ánimos de nada.

Antes de la muerte de Olga, sus prioridades eran otras: estabilidad económica y encontrar una pareja para tener una vida social. En estos momentos, solo quería un poco de felicidad en su vida y digerir lo que había pasado. Colocó la maleta gris sobre el sofá. Sacó un paquete con un sobre pegado. En su interior, una nota decía: *"No lo abras, Reina. Aquí te dejo la dirección: 940 S 9th St, Philadelphia, PA 19147. Mándame un texto al completar tu parte. Javier".* No concebía que Javier le hiciera daño a Johnny, y menos por su culpa. El celular de Johnny seguía apagado; su amigo permanecía ausente desde la última vez que lo vio en el hotel.

Sintió el ímpetu de regresar a Nuevo México y buscar a Johnny. El desierto era un paisaje marciano sin vida. En cada atardecer, desde el cuello del cielo, brotaba una herida de colores. Johnny era un cactus, y Reina quería aspirar su aroma violeta otra vez.

39

Baltimore, Maryland 26 de Octubre 2017

Quería ver la foto de su madre soltando una carcajada, la que le tomaron en algún convivio de la iglesia. Ese gesto, tan esporádico en ella, hacía de esa foto algo único. Dentro de la misma caja encontró la carta del Dr. Salvatore, con su acto de generosidad. Para Reina, ese texto fue su boleto para escapar del cascarón hostil. Antes de entregarle la carta, el ginecólogo trató de convencerla de no hacer la transición a mujer. Le recomendó visitar al Dr. Skyler Fronkwalanker, un urólogo, y a la Dra. Karina Reikinovish, una joven psiquiatra. Ambos pertenecían a la Legión de Cristianos Metodistas del centro, donde ayudaban a la gente en clínicas comunitarias. Mientras servían a los menos afortunados, también reclutaban devotos para su iglesia. Algunos pacientes acudían un par de veces solo por compromiso, y otros, los menos, permanecían en su comunidad metodista.

Reina recordó el cuadro en la oficina del Dr. Salvatore con letras doradas que decían: *Every road will get you to God.*[119] Con una mueca de desagrado dibujada en su rostro, los lentes del doctor descansando a mitad de la nariz y un bigote canoso ocultando su desaprobación, Salvatore le entregó la carta con una mano temblorosa y añadió:

—Sabes, Dios no se equivoca. Tu condición podría ser un testimonio para tantos jóvenes confundidos. Si tienes testículos

119 Todo camino te llevará a Dios.

aunque estén ocultos, eres hombre, Raimundo. Todos esos ornamentos, como la vestimenta, son una algarabía que, después de la efusión, desaparecerá y te dejará un vacío que solo Dios puede llenar.

Esa fue la última interacción que tuvo con él.

> April 2, 2000
> ATTN: Office of the Clerk
> Re: Validation of Hormonal Treatment
> To Whom It May Concern:
> I am writing in support of my patient, Raimundo Gutierrez (Subscriber ID #12456493), regarding their application for legal gender designation change.
> My patient has been under my care for the past two years and is currently undergoing hormonal treatment. After clinical evaluation, I diagnosed the patient with Partial Androgen Insensitivity Syndrome (PAIS), an intersex condition affecting sexual development.
> The patient was assigned male at birth but has a documented history of ambiguous genitalia and has experienced significant gender-related distress since adolescence. At age 17, the patient has made a conscious and informed decision to live as a woman. She has declined surgical intervention and continues with hormone therapy as part of her transition and medical care.
> Based on my medical assessment, the requested gender designation change is clinically appropriate and will support the patient's psychological and social well-being.
> Please feel free to contact me at (443) 725-2143 should you require additional information.
> Thank you for your consideration.
> Sincerely,
> Dr. Alber Salvatore, M.D.
> Obstetrician–Gynecologist

*2 de abril de 2000
Dirigido a la Oficina del Secretario
Asunto: Validación de tratamiento hormonal
A quien corresponda:
Por medio de la presente, escribo en apoyo de mi paciente, Raimundo Gutierrez (ID de suscriptor #12456493), en relación con su solicitud de cambio legal de designación de género.
El paciente ha estado bajo mi cuidado durante los últimos dos años y actualmente se encuentra en tratamiento hormonal.
Tras la evaluación clínica, diagnostiqué al paciente con Síndrome de Insensibilidad Parcial Andrógeno, una condición intersexual que afecta el desarrollo sexual.
Al paciente se le asignó el sexo masculino al nacer, pero presenta antecedentes documentados de genitalidad ambigua y ha experimentado un malestar significativo relacionado con su identidad de género desde la adolescencia. A los 17 años, ha tomado una decisión consiente e informada de vivir como mujer. Ha decidido no someterse a intervención quirúrgica y continuará con el tratamiento hormonal como parte de su atención médica.
Con base en mi evaluación médica, el cambio de designación de género solicitado es clínicamente apropiado y contribuirá al bienestar psicológico y social de mi paciente.
Quedo a su disposición en el (443) 725-2143 para cualquier información adicional que requieran.
Agradezco su atención y consideración.
Atentamente,
Dr. Alber Salvatore, M.D.
Ginecólogo–Obstetra

Reina tomó el documento y una lágrima se deslizó por su mejilla. Entre líneas, constató que su madre la había protegido, aislándola del yugo de la experimentación médica. Su madre detuvo el compás de las visitas mensuales, desvaneciendo el ritual del escrutinio médico. Resguardó su fragilidad, negándole al mundo el derecho de catalogarla como a un monstruo.

40

Baltimore, Maryland 26 de Octubre 2017

La nostalgia invadió a *La Sad Girl*[120], un sentimiento que le hacía honor a su apodo de preparatoria. Reina sentía un vacío, como un espacio en blanco interminable dentro de su cabeza. Recordó la agonía de Olga, ese lapso cuando su madre se dirigía al precipicio de la muerte. Reina la contempló por meses sin poder hacer nada. A esa hora, la calle ya no tenía a los trabajadores inundando la ciudad. El río de gente se secó como la vida de su madre. Se preguntó si, al igual que ella, la calle se despedía cada día de las personas, y si por unas horas permanecía afectada por su ausencia.

La luna parpadeó, y por unos segundos, la banqueta se vistió de negro. La flama de su corazón iluminó su camino. Reina avanzó lentamente. Escuchó los ecos de los jardines. Conocía los murmullos de una ciudad viva que se reusaba a dormir. Los muros parecían hacerle muecas. Su madrina la recibió con un abrazo tibio, encontrándola sentada en una banca frente a la iglesia. Tenía enfrente un mural de flores multicolores. En las orillas, una pantera y un lobo custodiaban el mural, mientras al centro destacaban unas letras indescifrables firmadas con una doble O.

—*Hi*, madrina!

—¡Mija! Siento mucho lo de su mami. Usted sabe que a mi comadre yo la apreciaba mucho. Las dos son como familia.

—No se preocupe, madrina. Desde que nos fuimos del

120 La chica triste

barrio, nos han pasado muchas cosas, pero sé que usted nunca nos olvidó.

—Yo lo sé, Ray. Su mami nunca dejó de presumirme lo orgullosa que estaba de usted.

—¿Cómo? ¿Seguían hablando? *I can't believe it!*[121] dijo Reina, limpiándose una lágrima mientras sonreía incrédula—. Vieja canija —añadió—. A mí me decía que usted no era su amiga, que si nos íbamos era porque usted es bien persignada y que no quería que me hiciera una grosería.

—No, yo fui la que le dije que le dijera eso. Usted siempre fue muy rebelde y sabía que conmigo se iba a frenar de hacer cosas y regresar al barrio. Usted tenía que salir de aquí, de este espacio.

—Tenía mucho miedo que me viera vestida así, de mujer. Me llamo Reina. Soy la misma persona, pero ya no soy Ray ni Raimundo. Mi mamá siempre me recalcó que se había quedado sin su amiga por mi culpa, que por la religión y eso. Pero no crea que soy travesti.

—Mija, lo sé. Yo las acompañaba a la clínica cuando era chiquito. Eso sí, su mamá siempre lo quiso varoncito, pero me decía que con que usted fuera feliz, eso bastaba.

—¿Qué le dijo mi *mom*?

—Pues yo sabía que usted había nacido diferente, y a ella le incomodaba mucho que lo revisaran cada mes. En la clínica había grupos de doctores estudiantes que lo revisaban en turnos. Todos con sus libretitas, tomando apuntes. Hasta le ofrecieron dinero para llevarlo al John Hopkins, a un *case study*[122] le dijeron.

—¡Sí, recuerdo! Estaba muy chiquito —dijo Reina con un tono quebrado, mientras su corazón en ruinas palpitaba despacio. Recordó cómo unos garfios fríos le sujetaban las piernas, y cómo,

---

121 ¡No puedo creerlo!
122 Estudio de caso

por horas, varias manos le tocaban el pene, le saludaban y muchos rostros buscaban sacarle conversación. Desde entonces, comenzó su repulsión por las batas blancas, el sonido del látex y el olor a cloro.

—¿Y usted cómo está, mija?

—Madrina, si le contara. Vengo llegando. Ahorita estoy destanteada, no sé si tengo trabajo. Creo que no. Llevo días fuera de la ciudad. Fui a México, al pueblo de mi mamá, y pues regresé con un encargo. Desde el otro lado de la frontera vengo cargando con un paquete para un muchacho que le dicen *El Ochos*.

—¡Ave María! ¿Ya anda metida en eso?

—¡No! ¡Cómo cree! —El pecho le borboteaba—. Bueno, aparentemente sí. Un muchacho que conocí allá lo escondió en mi maleta y ahora tengo que dársela a su conocido.

—Pues cuénteme, ¿qué andaba haciendo por allá?

—¿Tiene algo que hacer? ¿Me acompaña a Philly? *Nevermind*,[123] puede que sea peligroso.

—Pues si no voy yo con usted, ¿quién más? Mañana trabajo, ¡si quiere ir ahorita, yo voy con usted!

Los tonos plateados acariciaban las calles del barrio mientras Reina y su madrina, caminaban por los callejones intrincados. En este rincón de la ciudad, la vida solía fluir como la efusión inesperada de un río creciente. Con pasos decididos, avanzaban por la calle gris. La tarde se llenó de ruido. Unos relámpagos cortaron la serenidad en el aire. Era común oír disparos en ese barrio. El tumulto de la cotidianidad se desvaneció, dejando un silencio ominoso. La madrina, imperturbable, tomó la mano de Reina y la condujo hacia un callejón lateral, donde la rutina cedió ante la precaución. Las fachadas de los edificios parecían cerrarse sobre ellas.

123 No importa

El estampido de los disparos era una sinfonía cruel que retumbaba en el aire, como si fuera una melodía de peligro que envolvía a Reina en un abrazo helado. Se arrodilló junto a su madrina, apretándole las manos con fuerza mientras el sonido de los disparos llenaba el ambiente. Recordó el rezo que su madre le enseñó:

—Santa Bárbara, doncella, líbrame de una centella —murmuró con reverencia, sus palabras resonando en la penumbra sagrada de la noche—. Guíame a través de este oscuro y aterrador tiempo.

En ese instante, Reina decidió que llevaría el paquete a *El Ochos*. Los disparos que antes desgarraban el aire se extinguieron, y una paz temporal descendió sobre Reina.

41

Philadelphia, Pensilvania 26 de Octubre 2017

Manejaron un par de horas hacia el norte y llegaron al lugar que les indicaba el mapa. La casa estaba en un barrio elegante.

—*What a posh place*[124] —dijo Reina.

Frente a la acera había un automóvil negro. Al acercarse, un hombre bajó del auto y les preguntó sus nombres y a quién buscaban.

—¿Es aquí la 816 N 4th St? Buscamos a *El Ochos* —respondieron—. Le traemos un paquete de México.

La poca cordialidad del hombre desapareció. Las escoltó hacia la entrada mientras escribía un mensaje de texto. Al llegar a la puerta, las esperaba una mujer gorda de mediana edad.

—Ladies, ¿a quién buscan? ¿Están seguras de que están en el lugar correcto?

—¿Creo que sí? ¿Aquí vive *El Ochos*?

—Aquí se le puede encontrar en ocasiones especiales. Y ustedes, ¿para qué lo buscan, señoritas?

—Su guardia me retuvo el paquete que le envían desde México. También se quedó con mi celular. *Not cool!*[125]

—Jorge no es un guardia, es un chofer. Es el enfermero que me manda el estado, pero a mí me sirve más como chofer. Siéntense, pónganse cómodas. Bueno, les aviso que al que buscan no está y

124 Qué lugar tan fresa
125 ¡No está padre!

no sé cuándo vendrá, así que vamos a tener un tiempito para conocernos.

Las guio hacia el recibidor, un cuarto amplio con paredes cubiertas de papel tapiz de otra época. El color original, un amarillo pastel, estaba parcialmente cubierto por manchas de agua que habían redecorado caprichosamente con nubes. En la esquina descansaba una chimenea, parecida a un gigante petrificado con años sin despertar. Los sillones, también de otra época, tenían un color salmón que le agradó a Reina, pero el látex que los cubría revelaba la personalidad desconfiada de la anfitriona. Reina sonrió y se recostó sobre uno de los cojines, decorados con motivos de patos que fueron coleccionados a través de los años. Un mutis agonizante se rompió cuando la mujer dio un golpe sobre la mesa de centro. Cecilia tembló.

—¡A ver, cabroncitas! ¿Qué chingados quieren con mi hijo? De aquí no se van hasta que me cuenten la puta historia de sus vidas, y hasta que yo les crea.

Reina imaginó una bañera salpicada de sangre, con gotas carmesí viajando hasta el techo y bolsas de hielo conservando órganos fríos. Le dio pavor. En ese instante cuestionó todas sus malas decisiones: ¿por qué la obsesión con Joel? ¿Por qué buscar a Javier? Y, más que nada, ¿por qué involucrar a su madrina? La culpa llegó acompañada de náuseas.

—Me llamo Reina Gutiérrez y soy de Baltimore.

—¿Y por qué traes esa caja de México? ¿Para quién trabajas?

—No, señora, no trabajo para nadie. Conocí a un hombre allá y me usó de *mula* con engaños.

—¿Cómo se llama ese hombre? ¿Y ella quién es?

—Solo sé que se llama Javier, le dicen *El Cubano*, y es mesero allá en México, en Ciudad Escarlata. Y ella es mi madrina, Cecilia Maldonado, solo me acompaña.

—¿Entonces trabajas para *El Cubano*? No sé, ¿así de la nada vienes a mi casa sin armas ni nada? ¿Son policías? ¿Espías? ¡Algo anda mal! Encueraditas las quiero.

Reina sintió frío y notó que sus pezones estaban erizados. *La Matrona* pasó sus manos por el cuerpo de Reina, tocándole las nalgas y la entrepierna.

—Algo no me cuadra. Quítense todo, con todo y calzones, ¡ámonos!

Reina se quitó las pantaletas lentamente. Cecilia parecía ausente, solo obedecía órdenes, sin inmutarse. Cuando la mujer se percató del falo de Reina, sorprendida, la empujó hacia el sofá.

—A ver, ya empezamos mal. Me dijiste que te llamabas Reina, ¿por qué me mientes? Aquí somos de mente abierta, conocemos a todo tipo de gente. Ya te dije, cuéntame todo. De mi confianza depende que vean al *Ochos* y que salgan vivas de aquí. Así que coopera, muchacho.

—Señora, le estoy diciendo la verdad. Me llamo Reina, legalmente ese es mi nombre. Dígale a su chofer que le muestre mi identificación. ¡No soy trans!

—¿Entonces qué chingados eres? Porque mujer no eres. Yo soy mujer y así no me veo. Además, ¿qué quieres aquí? Nadie te invitó.

—Deje ir a mi madrina, por favor. Mírela, está muy asustada.

—¡No! Nadie va a salir de aquí hasta que me cuentes bien qué está pasando y cómo es que llegaron aquí. Desde el principio, mijito, que tenemos tiempo. Días, si es preciso.

—Ya le dije, un hombre me mandó.

—Yo quiero conocerte a ti. Dices que eres de Baltimore. Desde el principio, dime todo.

—Ok. Nací el 10 de noviembre de 1988. Mi mamá, Olga Gutiérrez, se vino de México porque mi abuelo la corrió. Me crio como niño. En mi acta decía Raimundo Gutiérrez. Ella es mi madrina, la única familia que me queda.

—Ajá, sigue.

—Mi mamá era soñadora. Trabajó en una lavandería coreana y salió adelante. Me dio una buena vida. Éramos felices... pero yo siempre quise más. Luego enfermó y murió. Todo se vino abajo.

—Sigue.

—Conocí a Joel por internet. Era mi ancla. Me *ghosteó* y me derrumbé.

—¿Y eso qué tiene que ver con que estés aquí?

—Compré una pistola y fui a Nuevo México a buscarlo. Me mintió. No era el de las fotos. Era otro tipo.

—¿Y luego?

—Se llama Johnny. Me cayó bien. Me llevó a conocer al de las fotos... a Javier. Fuimos hacia Ciudad Escarlata y en el camino pasamos por La Noria, el pueblo de mi madre.

—¿Y?

—En su diario, mi mamá me confesó la verdad. Soy producto de una violación incestuosa.

—¡Ah cabrón! Sigue.

—Volví y le disparé a mi padre. Lo dejé ahí.

—¿Cómo hiciste eso, mijita?

—En Ciudad Escarlata conocí a Javier, *El Cubano*. Me enredé con él... pero me regresé. Él metió este paquete en mi maleta sin que yo supiera.

—A ver.

—Me amenazó. Dijo que le haría algo a Johnny si no seguía instrucciones. No contesta. Estoy segura de que lo tiene. Igual que usted nos tiene aquí. Por favor, déjenos salir.
Reina se quebró.

—Ya, dramática. Nadie te está haciendo nada.

42

Ciudad Escarlata, México 28 de Octubre 2017

Al salir de la cárcel, los ecos de los pasillos rebotaban con los cantos de las celdas. Muchos presos le hablaron como pájaros desde sus jaulas. Los mercaderes de la ley le otorgaron el perdón. Johnny se rehusó a mirar atrás. Caminó firme hasta la salida. Los pecados no eran suyos, lo absolvieron del intento de homicidio de un hombre mayor, el señor Esteban Gutiérrez. Sintió alivio, pues el evangelio de su vida se escribiría fuera de esas paredes.

Un joven se le acercó amistosamente, con una pose segura. Era delgado, de estatura mediana, pero su mirada imponía una cierta aprensión. Vestía de manera casual, y su forma de caminar delataba un pasado pandillero. Johnny, cansado de luchar contra la desconfianza, cedió a la conversación.

—¿Vas saliendo, *homes*?[126] ¿A dónde vas? Yo te llevo.

—*No thanks*[127] No se preocupe, compa.

—*No problem*[128]. Déjame ayudarte. Yo también me reformé, y ahora que vi la misericordia infinita del Señor, ayudo a los que andan perdidos, como alguna vez anduve yo.

—Nomas necesito un *ride*[129] por mi troca. Está en el parqueadero de la policía.

---

126 Amigo.
127 No gracias.
128 No hay problema.
129 Aventón

—¿Está en el corralón? ¡Sí! No te preocupes, en veinte minutos llegamos. Ojalá y esté completa tu camioneta.

—Simón.

—¿Nos vamos?

—*Yeah*[130].

130 Sí

43

Philadelphia, Pensilvania 29 de Octubre 2017

Por dos días, le contaron a *La Matrona* sus historias de vida. A Reina le quedó la voz ronca de tanto llorar y repetir lo de Javier. Ese no era un sótano novato, por ahí habían pasado otras agonías. Su verdugo las observaba, percibiendo el aroma cristalino de la verdad. Siempre disfrutó jugar con ventaja; le gustaba ganar tanto en la vida como en los naipes.

—El mítico *Ochos* no va a llegar, señorito Reina.

—¿Cómo que no va a llegar? ¿Y cómo le voy a dar su paquete?

—Ese no es mi problema. *I'll pass it along*[131]. No te apures.

—No, señora, le van a hacer algo a Johnny si no se lo entrego a *El Ochos*.

—Ya se lo diste, mijita. ¿Y si te digo que yo soy *el Ochos*? ¿Qué?

—¿De qué habla?

—No tengo ningún hijo. Uso "El" antes de *Ochos* como *decoy*[132] , ¿tú sabes? Además, con tanta insistencia, ya me entró curiosidad. Vamos a ver tu cajita.

El paquete envuelto en papel de regalo blanco descansaba sobre una mesa en el fondo de la habitación. *El Ochos* le hizo una seña al guardia, quien le trajo el paquete hasta el sillón. Tomó la caja y la sacudió tratando de adivinar su contenido. La abrió. Era una estatuilla de bronce, un hombre meditando sobre una alfombra. *El Ochos* leyó el costado inferior de la escultura: "Ochos, te regalo a Orunla, un espíritu Orisha encargado del destino y

131 Yo lo paso.
132 señuelo

la adivinación. Es una muestra de mi buena fe, examínalo bien, él lleva el inicio de nuestra sociedad. Un saludo afectuoso, *El Cubano*". *La Matrona* sonrió mientras inspeccionaba la estatua.

—¿Y esto qué? ¿Qué trae? —Le entregó la efigie al guardia, quien la golpeó con los nudillos, buscando un hueco.
Sujetó las extremidades y las giró como si fueran tornillos, pero falló en su intento. Luego probó con la cabeza, que cedió al aplicarle un poco de fuerza. Era un compartimiento que escondía un contenedor con un polvo blanco.

—*Shit!*[133] Este *cubano* quiere saltarse a todos y ser el jefe. A ver, pruébalo y me das. — El guardia aspiró el polvo con fuerza y sus ojos se pusieron en blanco, extendió el brazo para acercarle la estatua a *El Ochos* para que probara. Fue lo último que hicieron. Esa pócima *Yoruba*[134] la aprendió en Catemaco. La abuela de Javier la trajo de Haití. A este frasco no le agregó huesos de niño ni veneno de rana o pitón, solo los ingredientes más importantes: extractos de castañitas del diablo y vísceras de pez globo, todo molido en aspirinas.

Reina nunca supo cómo celebrar un triunfo. El color dorado inundó el ambiente. Se sentía contrariada: feliz por estar libre y fuera de ese sótano, pero sorprendida por la agonía de *El Ochos*. La mirada mal trazada en el rostro de *La Matrona* se disipó en la pared. No alcanzó a sostenerse, y sus ojos intentaron aferrarse a un clavo huérfano asomándose por el muro mientras se perdía en los abismos de un trance.

Antes de partir de regreso a Baltimore, Reina detuvo el auto en una gasolinera. Temblorosa, abrazó a su madrina. Luego, tomó su celular y mandó un mensaje de texto al número que Javier le dejó: "*El ave viajera encontró su nido*".

---

133 ¡Mierda!

134 Grupo étnico de África Occidental (Nigeria, Benín, Togo) u cultura y espiritualidad se extendieron a las Américas durante la trata transatlántica, dando origen a religiones como la santería en Cuba y el candomblé en Brasil

44

Baltimore, Maryland 18 de Febrero 2016

Recuerdo cuando llegué a este país, nadie daba un duro por mí. Como todas las recién llegadas, no conocía el idioma. De ti, todavía ni las luces. Eras un granito con dos ombligos formándose dentro de mí. Yo estaba decidida a tenerte; mi Dios y mi corazón así me lo dictaban. Nunca estuve preparada para lo que venía, para enfrentarme solita a una nueva vida contigo. Siempre te reproché mi deseo de que fueras un machito, para que cuidaras de nuestra familia. Pero ¿te confieso algo? Nunca lo necesitamos. Siempre supimos defendernos, siempre nos sobrepusimos a todo.

45

Baltimore, Maryland 12 de Abril 1988

La nieve dejó de ser lo que había sido meses antes: ya no eran zafiros constantes suspendidos en el viento, pero seguían haciéndole daño. Llegó cansada de su primer día laboral, con pasos trémulos, desmoronándose sobre la banqueta. Le costó mucho conseguir ese trabajo en la lavandería. Estaba fundida. Tenía los dedos de los pies congelados después de caminar una milla. Los mocos no cesaban, hendían las fronteras de su nariz. El origen de su cuerpo era de un lugar más cálido, las heridas se lo recordaron. Una sonrisa forzada le bastó para que su patrona no la sobrecargara de trabajo. Winn subyugaba a las trabajadoras, dándoles kilos de ropa y cuestionando constantemente sus métodos de lavado. Atrás quedaron sus intentos de hablar en español; habló en inglés para que supieran que estaba enojada. Tomó el teléfono y gritó: "¡Vete o le hablo a la policía!" Utilizó uno de sus trucos para evitar pagarles el sueldo a las empleadas que ya no quería en la Tsao Winn Laundry.

Desde su balcón laboral, Olga contempló la escena. —*Don't worry, they are lazy*[135]. No trabajan como tú. —*I'm good!*[136] *Gracias. Please, time*[137]... ¿descanso? —*Ok, take bathroom break*[138]. ¿Baño? *There!*[139] —Winn señaló el pasillo.

135 No te preocupes, son flojas.
136 ¡Estoy bien!
137 Por favor. tiempo
138 Está bien, tomate un descanso y ve al baño
139 ¡Allí!

El edificio parecía un andén interminable. Había un pasillo que conducía al baño de las trabajadoras. Ahí descansaban las mujeres, víctimas del comportamiento agiotista de Winn. No lloraban, solo procesaban su novatada. Con voz ronca, maldecían a quien ahora era su exjefa: —Vieja china malosa. Pero yo le voy a decir al Pastor, para que ya no mande más gente aquí a trabajar. Nos corre sin pagarnos para ahorrarse unos pesos. —Vamos a perder más si nos agarra la migra. —No se preocupen, yo voy a hablar con doña Winn. Está enojada, pero seguramente me mandará su cheque. —¡Nombre! Se le ve la cara de malosa. No sabe español, pero bien que me insultaba en chino, no crea que no lo noté. —No es china, es coreana. —¿Y usted qué ve? ¿A poco piensa que no le van a hacer lo mismo que a nosotras dos?

Las mujeres se dirigieron hacia la calle, mientras Olga las observaba en silencio. Sentía vergüenza por su jefa y por quedarse en el lugar de las despedidas, deseando correr con la misma suerte para liberar su conciencia.

—¡Yo soy Cecilia! ¡Dígame Ceci! Ya llevo mucho tiempo aquí. No te preocupes, a las buenas trabajadoras Winn las aprecia porque sacamos el trabajo. Ellas no sabían usar la lavadora y maltrataban la ropa de los clientes. Más tarde me cuentas más de ti, en el lunch[140]. ¿Tienes mucho viviendo aquí? Nunca te había visto. —No sé usar la lavadora, pero aprendo rápido. No, pues acabo de llegar a la ciudad, no soy de aquí. Solo la conozco a usted y al señor del cuarto donde me quedo. —¡Pues bienvenida!

140 Almuerzo

46

Final

Hijita, yo fui y vine muy lejos. Y le voy a decir algo. No le busque tanto, en esta vida no hay nada mejor que un café negro y un cigarro.

47

Baltimore, Maryland 20 de Noviembre 2017

Las sábanas ásperas escupieron su cuerpo, rechazándola como la tierra seca expulsa las semillas. Quería continuar fantaseando, explorando, pero el trabajo la retenía, como un río atrapado entre peñascos. No pudieron desterrarla gracias a la explicación de la psiquiatra; es sabido que el luto nos sumerge en enajenaciones. Y ella, sumida en una paranoia calculada, intuía que aún le esperaba otra vida.

Así estaba Reina, inmersa en un trance. Esteban no murió, solo quedó tirado del susto; la bala penetró, pero sin perforar ningún órgano vital. No la buscaban. El periódico de *La Noria* publicó la nota completa en internet: buscaban a un ladrón al que se le atribuían otros asaltos en pueblos aledaños. La descripción era de un hombre de estatura mediana y tez morena. Esas características no eran las de ella. Johnny dio señales de vida y finalmente respondió sus mensajes.

La psiquiatra sabía de esa válvula de escape, de sus asuntos familiares privados. Nunca supo de su pistola ni de cómo el revolver quedó del otro lado, descansando como un cadáver. La doctora le recomendó mudarse a un lugar más soleado. Reina se quitó los calcetines, se revisó los pies y se percató de que sus granitos ya no estaban.

California le sonaba glamuroso, al igual que Miami. —Yo soy de un perfil más bajo, como Nuevo México. Hay algo del desierto que me dejó enganchada. No sé, de repente Santa Fe se me viene a la mente. Pero quiero estar más cerca de mi Joel, bueno, Johnny. Quizás Las Cruces no suene tan mal. Sería la Reina de Las Cruces.

Reina comprendió que su vida era un caleidoscopio de decisiones, donde cada giro trastocaba su realidad, pero nunca revelaba la imagen completa. Junto a Johnny, o tal vez sola, se seguiría enfrentando, a un mosaico de identidades. En esa encrucijada, entre el pasado y el presente, entre la realidad y los claroscuros proyectados, encontró su ancla en el desierto. Ese lugar, era una tierra árida y fecunda a la vez. Y así, con el eco de sus pasos entre las dunas, Reina se dispuso a caminar. Supo que tal vez no había futuro, solo un andar entre la arena y las sombras, donde todo se desvanece.

Show me more
de Miguel de la Cruz,
fue impreso para esta primera edición
de una forma independiente.
El tiraje constó de 250 ejemplares
www.brownbuffalopress.com

www.ingramcontent.com/pod-product-compliance
Lightning Source LLC
LaVergne TN
LVHW051002080826
845145LV00009B/2405

* 9 7 8 1 9 5 1 9 9 3 7 7 1 *